U0821054

声之形 上

聲の形 上
大今良時
倉橋燿子

〔日〕仓桥耀子 文
〔日〕大今良时 原作 绘
朱田云 译

人民文学出版社
PEOPLE'S LITERATURE PUBLISHING HOUSE

著作权合同登记号　图字01-2022-0505

Original Japanese title: SHOUSETSU KOE NO KATACHI JOU
©Yoshitoki Ooima, Yoko Kurahashi, 2019
All rights reserved.
Original Japanese edition published by KODANSHA LTD.
Publication rights for Simplified Chinese character edition arranged with KODANSHA LTD. through KODANSHA BEIJING CULTURE LTD. Beijing, China.
本书由日本讲谈社正式授权，版权所有，未经书面同意，不得以任何方式做全面或局部翻印、仿制或转载。

图书在版编目（CIP）数据

声之形. 上 /（日）仓桥耀子文；（日）大今良时原作；（日）大今良时绘；朱田云译. —北京：人民文学出版社，2022（2025.11重印）
ISBN 978-7-02-017314-3

I. ①声… II. ①仓… ②大… ③朱… III. ①中篇小说—日本—现代 IV. ①I313. 45

中国版本图书馆CIP数据核字（2022）第117694号

责任编辑　朱卫净　陶媛媛
装帧设计　汪佳诗

出版发行　**人民文学出版社**
社　　址　**北京市朝内大街166号**
邮政编码　**100705**

印　　制　**山东新华印务有限公司**
经　　销　**全国新华书店等**

字　　数　**51千字**
开　　本　**787毫米×1092毫米　1/32**
印　　张　**5.5**
版　　次　**2022年8月北京第1版**
印　　次　**2025年11月第6次印刷**

书　　号　**978-7-02-017314-3**
定　　价　**45.00元**

如有印装质量问题，请与本社图书销售中心调换。电话：010-65233595

声之形 上

曜日
日直
我的耳朵
听不见

目　录

佐原美代子

将也小学六年级同班同学，为了能帮助硝子而学习手语，但……现在和植野就读于同一所高中。

植野直花

将也小学六年级时的同班同学，与将也的关系很好，也经常和其他男同学一起参加活动。起初对硝子很亲切，但……

永束友宏

将也的高中同学，因为得到过将也的帮助，两个人成为朋友。
兴趣是拍电影，打算把将也拉入拍摄团队。

川井美树

将也小学六年级时的同班同学、班长，一直是优等生。
和将也就读于同一所高中。

主要登场人物

石田将也

最讨厌无聊，小学六年级时与硝子相遇。一开始常捉弄硝子，后来却……五年后，主动找到硝子，二人重逢。

西宫硝子

小学六年级时转至将也所在班级的失聪少女。试图通过笔谈与人交流，并积极参加手语教学活动和音乐节活动。

结弦

采取各种手段阻止将也接近硝子，自称“硝子的男朋友”，其实……爱好摄影，总是随身带着相机。

真柴智

将也的高中同学。对将也感兴趣，想做朋友而主动搭讪。之后参与了永束的电影拍摄。

序

西宫硝子。

我曾经非常讨厌她……

在举办手语训练课的某间教室门口，石田将也有些犹豫了。

里面有个人，他无论如何都想见，不，是必须见。

但他缺乏走进房间的最后那一点儿勇气。

从房间里走出来的人，都纷纷饶有兴致地盯着将也的后背。

“那个男孩，好像是第一次见？”

“是西宫的朋友？”

“什么朋友？肯定是男朋友！”

“是吧！”

哈哈哈哈……那些人的脸上都露出“看穿了哦！”的表情，发出了哄笑声，将也听了，感觉有些刺耳。

“不……不是的！我和西宫只是老同学，我……我有点儿事找她……”将也有些结结巴巴。

突然，将也回头一看，不知何时，西宫硝子已经从教室里走了出来，正瞪大眼睛看着自己。

穿了制服的西宫和小学时的模样相比，头发长了，个子也高了，已经是大人的样子。但将也还是一眼就认出了她：那带着一抹傻气的笑脸，看上去仍然和从前一模一样……

然而，对着这张笑脸，将也却不知该说什么。

只见西宫立刻收敛了笑容，迅速从将也身边走过。接着，突然跑了起来。

“啊！你……你等一下！西宫！你跑什么！”

将也拼命地追赶逃跑的硝子。

“啊？难道……她不记得我了……”

冲下楼梯的硝子似乎压根不打算回头。

将也脚下一个趔趄，差点儿摔倒，赶紧大声喊道：“我是你小学六年级时的同班同学！我是石田！……我是石田！”

西宫不可能不记得自己，证据就是：听了他的这句话，她反而加快了脚步。

拜托，别走！

“我是石田将也！”将也使尽力气大声喊。

将也和硝子共同度过的时光，只有小学六年级时的那短短几个月。

但是那短短的几个月使得两个人的人生发生了巨大的变化……

1. 与“无聊”作战

回到将也与硝子重逢的六年前。

石田将也是就读五年级的小学生。

这阵子，将也最讨厌“无聊”。

去学校、读书、和朋友玩、睡觉……

对于重复地做着相同事情的每一天，将也打从心底里感到厌烦。

频繁更换男朋友的姐姐、经营美发店的母亲，看上去每天都过得很开心，将也很羡慕她们。

下意识地，将也变得有些焦虑，想做一些让自己心跳加速的事情。

于是，将也想出了“比谁大胆”这种游戏。

这天，放学后，将也叫上同班同学岛田和广濑，走过写有“禁止入内”的告示牌，来到一座古桥上。

从桥上往下看，湍急的河水似乎距离桥面很遥远。从桥上往下跳，就是今天“比谁大胆”的主题！

岛田从桥上探出身子，看向河面。

“这么高，跳下去一定会很疼吧？”

“到底疼不疼，不跳又怎么会知道！”将也两眼放光，兴奋极了。

他朝桥下一看，果然很高，一股战栗感从他的脚趾蹿至头顶。

可怕！但这种感觉又令人欲罢不能。

“啊——”

像是在给自己鼓劲儿似的，将也大喊一声，随即跳入河中。

“咚！”

随着一声闷响，水花高高溅起。

广濑立刻朝桥下望去。

“哇！他跳下去了。”

“那家伙迟早会死。”

水面上冒出了将也的脑袋。岛田和广濑一看，也下定决心，跳了下去。

虽然嘴上总是念念叨叨的，但他俩其实乐意陪将也一起“发疯”。

岛田和广濑朝岸边游去。将也感到非常满足。

又一次成功打败了“无聊”！

“人生就是一场与无聊的战斗。”将也把姐姐的这句话作为自己的人生座右铭。

如果要持续地赢得战斗，就必须时常亲身挑战具有原创性、令人战栗的刺激性游戏。“比谁大胆”就是具有原创性刺激的游戏之一，三个人也因此成了伙伴。

春季，新学期开始了。将也等人升入了六年级。

将也、岛田和广濑三个人，加上植野直花，都分在六年级(2)班。

植野偷偷地调换了排座位的抽签条，将自己的座位挪到了将也的邻座。

将也一脸不悦。

“丑八怪坐到了我边上，真倒霉！”

“闭嘴，你这个秃子！”植野毫不示弱地回击。

坐在将也前排的川井美树回头对植野微笑。

“我们的座位很近，真好。”

“可不是嘛。”

植野和川井相视而笑。

扎着标志性麻花辫的班长川井和植野是好朋友。

将也百无聊赖地打了个哈欠。

班上的女生们好像突然想起了什么，吵吵嚷嚷地纷纷议论起来。

“对了，你们说，转校生会坐在哪里？”

“等到转来的当天再决定。”班主任竹内老师轻声回答道。

一名同学举手提问：“老师，请问，新同学是男生还是女生？”

“是女生。”

同学们又开始七嘴八舌，男生和女生都很期待。

植野用手肘戳了戳邻座的将也：“这正合你的意，是吧，石田？”

“啊？没兴趣！”

“无聊”的课程结束后，将也、岛田及广濑一起走出了教学楼。

盛放的樱花随风飘舞，如雨点般散落下来。

将也满脑子都在想：这次玩什么“比谁大胆”？

“阿岛，今天去哪里玩？”

“抱歉，今天我要去补习班。”

“别去了，翘课呗。”

将也语气轻佻地说。

岛田微微一笑："翘课太多，爸爸妈妈要生气的。你也来上补习班吧？"

"你自己去就好了！"

将也朝岛田挥动拳头。岛田笑着走开了。

将也钩住广濑的肩膀。

"广濑，那就我俩去玩吧？"

"据说，从十五米高的桥上跳下去，水面的硬度和混凝土差不多。"

将也盯着广濑。广濑也一言不发地盯着将也。

"干吗，广濑？"

"我早就想说了。我觉得我们应该更安全、更有效地利用时间。"

将也停下了脚步。

已走出一步远的广濑回过头，他此刻的表情看起来很像一个大人。

"我的意思是：该结束了，'比谁大胆'游戏。"

将也大吃一惊，一时不知说什么好。

曾经以为，至少还有广濑会一直和自己待在一起，没想到……

满心不悦的将也直接回了家。他一个人玩了电动游戏，和母亲一起吃了晚饭，看了一会儿电视，然后继续打电动游戏。

极其平和、安全、无刺激的生活。

将也的心被“无聊”吞噬了。这样下去，一定会被打败。必须快点儿想出对策……

话虽如此，将也对“比谁大胆”游戏所带来的战栗感与刺激性已经习以为常了，根本无法对微小的事情感到满足。

就在这个时候，西宫硝子出现在他的面前。

早上，班主任竹内老师在教室里对大家说话了。

“同学们，听好了，今天我们将迎来一位新同学。”

“终于来了！”

教室里骚动起来，所有人的注意力都集中在跟着竹内老师走进教室的那个女孩身上，是一个神情略微紧张、留着波波头的女孩。

“来，自我介绍一下吧。”

竹内老师说完这句话，所有人都在等待着少女开口。然而，少女一言不发地站着。

我的耳朵
听不见

竹内老师轻轻地拍了拍少女的肩膀：“自我介绍一下吧。”

少女从书包里取出一本笔记本，横过来翻开封面，给大家看第一页。上面用记号笔写着大大的文字。

“初次见面。我叫西宫硝子。”

教室里越发骚动起来。

少女硝子翻到下一页。

“我希望通过这本笔记本和大家成为朋友。”

再下一页。

“拜托大家和我说话的时候，使用这本笔记本。”

再下一页。

“我的耳朵听不见。”

将也突然觉得周围的声音都消失了。

他的视线被笔记本上所写的文字牢牢地吸住。

“我的耳朵听不见。”

对将也而言，一个未知的世界出现了。

2. 无可奈何的事

“这家伙真奇怪！”

将也脱口而出。

这是他对失聪转校生西宫硝子的真实看法。

但说出这句话时，他的嗓门比自以为的更响亮，导致全班同学扭头看向他。

硝子见此情形，以疑问的眼神看向竹内老师。

竹内老师盯着将也，突发奇想，他指示硝子道：“这样吧，你就去坐在……石田，把你的课桌椅朝后排挪一下。”

竹内老师把硝子的课桌椅搬到将也的座位与前排之间空出的位置上。

“坐吧。”竹内老师指着摆好的课桌椅对硝子说。

硝子走到与自己处于同一竖列座位上的每位同学面前，依次点头致意。

“请多关照哦！”

原本坐在将也前排的班长川井笑着对硝子打招呼。

终于，硝子来到将也面前，低下头。

“请……”

将也刚说出一个字，又突然闭上嘴。

她听不见，这样打招呼有何意义？

他抬眼盯着落座后的硝子挺得笔直的后背。

听不见？哼……所以呢？对她完全没兴趣。

虽然确实是这么想的，但将也的脸上自然地浮现出笑意。也许可以想点儿好玩的……

将也把教科书卷成喇叭状，对着硝子的后脑勺。

“哇——”

全班同学都转头看向将也。将也立刻脸朝下，趴在课桌上。

硝子再次看到了其他同学的反应，她有些困惑，惴惴不安地想确认自己的身后发生了什么事。

“石田，你在干什么？正在上课呢。”

虽然竹内老师发了话，但将也依然埋着脸，像躲在硝子的背影之下，有一种好笑的感觉似乎正从腹部深处涌上来。他不发出声音，却在笑个不停。

“西宫，你能来回答吗？”

竹内老师指着黑板上的一道题。

川井立刻回头指了指硝子的教科书。

“是这道题哦。”

硝子用记号笔在笔记本上一口气写完答案，举起本子给老师看。

“是竖穴式住居[①]。”

“正确！大家鼓掌！”

竹内老师话音刚落，全班就响起了掌声。

硝子的脸略微红了。

“你是笨蛋吗！”

体育课上，每当老师移开目光，广濑就一边笑一边朝将也扔球。

将也也笑起来。

“我只想知道她到底是什么程度的听不见嘛！”

将也感觉到一股很有精神的气氛，他很久没有这种感觉了。

“总感觉会被抓住……”

---

① 日本人在古代居住的洞穴，大约出现于绳纹文化(距今约1万年到公元前8世纪)前期。

“什么？”

将也不太明白岛田这句话的意思。

不过，托西宫的福，至少不再无聊了。

下一堂课，将也继续自己的试验。

“哇。”

将也对着硝子的后脑勺轻轻地嘟哝了一声。

确认硝子没有反应，将也给自己笔记本上的“2”字画了个圈。

这是将也独创的测试西宫听力程度的试验。数字越大，代表他叫的声音越响。首先是级别2，确认完毕。

“哇！”

这一声比刚才响了一点儿，但西宫似乎依然无动于衷。级别3，过关！

“好玩吗？”

坐在将也邻座的植野问道。

好久没这样“不无聊”了，将也笑个不停。

课间休息时，植野加入了将也的试验。

她站到正在看书的西宫身后，“哇”地叫了一声。

然而，西宫依然毫无反应。试验非常顺利！

“还在玩？”

远远地关注着他们的岛田满脸惊讶地走来。

很久没见过如此开心的将也了，况且岛田也并非对硝子“听不见的程度”毫无兴趣，于是他陪着将也一起玩起来。

“该怎么叫？汪汪？”

将也的兴致越发高涨，伸手搭在和岛田一道走来的广濑的肩上：“你也一起玩嘛！”

“诶……”广濑有些犹豫，但在将也的催促下，只好勉为其难地小声叫了一下：“哇……”

将也一边笑一边踢了踢广濑的屁股。

“没出息！看我的！”

将也靠近硝子。

“哇——”

硝子的肩膀猛地抖了一下。

“石田！”

不知何时，竹内老师站在了将也身后，立刻把他拖去了办公室。

老师坐在椅子上，和将也对视。

“虽然你可能没见过像西宫这样的同学，觉得稀奇，但你不能拿别人的缺陷取乐。听懂了吗？”

“我只是想确认一下她是不是真的听不见。”

“如果是这样，你可以用别的方法，比如你可以直接问西宫。”

哼！那多无聊啊。将也虽然心里这么想，但在老师面前还是不太情愿地点了点头。

将也并不是特别擅长交际的男生。对于岛田、广濑和植野，都是因为认识的时间已经很久了，所以他可以毫无顾虑地和他们胡闹。但是，对将也而言，去向这位耳朵听不见的转校生西宫搭讪需要很大的勇气，也会很麻烦。

不过，有一点可以确定：西宫的出现，确实使他有了可以用来打败“无聊”的工具。

为了“使用”西宫，必须收集更多的信息。

为体育课准备运动器械时，将也与西宫单独相处的短暂机会来了，这是调查西宫的绝佳时机。

“你……你……”

将也紧张地主动开口了。

“你为什么要来这所学校……”

硝子回头，愣愣地盯着将也。将也的心扑通狂跳。

硝子取出随身携带的笔记本和记号笔写起来。

“你想说什么？”

她把本子递到将也面前。

“没……没什么！”

将也慌忙结束对话，转身跑开。

“来自西宫星球的西宫硝子似乎听不懂人间的对话！”

作为通过“西宫调查”得来的第一条信息，将也在脑海中的笔记本上写下这样一句话。

将也一边对硝子进行调查，一边思考着该如何“使用”硝子。

某天的语文课上。

竹内老师严厉训斥了正在朗读课文的植野。

“声音太轻了，植野！你的这种朗读方式能传达出文章想表达的感情吗？”

“哼……臭眼镜！”植野用竹内老师听不见的低嗓音咒骂着。

“真是的……下一段换人读。今天是十五号……学号十五的来读一下。”

班主任点到的是硝子的学号。

硝子紧张地抬起脸，下定决心似的，开口读出声。

“挪苦……嗯特……不哦……嗯你……”

整个教室里似乎一下子凝固了。大家都是第一次听见硝子的声音。

将也的脑海里突然冒出一个念头。

不过，若想成功地将这个念头变成现实，时机十分重要……

竹内老师听了硝子的朗读，面无表情地用手指推了推眼镜框。

“下一段，石田。”

时机来了！

将也在心中摆出胜利的手势。

他伸直手臂，举起教科书，深深地吸了一口气。

“唔啊……唔喔……唔哎……唔哎。”

邻座的植野“扑哧”笑出了声。

教室里到处是窃笑声。

成功！自己发明了西宫语！

将也十分满足。但下课后，他又被叫去了办公室。

竹内老师一坐下就双手抱臂，盯着他。

“就算西宫的声音听起来很奇怪，你也不能学她。听懂了吗？”

“我不是觉得她的声音很奇怪，我只是认为她在说自己的母语。”

“闭嘴！先好好听老师说话！我正在和你谈论道德问题。”

“道……什么？”将也歪着脑袋，没听懂。

竹内老师叹了口气。

“你已经读六年级了，还不懂什么叫道德？难怪会做出那种举动。你的父母是怎么教育你的？怎么把你教育成这副蠢……”

竹内老师话说到一半，又咽了回去，因为意识到自己差点儿踩到了道德的底线。

稍微调整了语气，竹内老师态度强硬地对将也说：“总之，是无可奈何的事！”

“无可……奈何……”

“无可奈何的事”这句话像咒语似的萦绕在将也的耳畔。

像自己这样惹老师生气也是无可奈何的事吧！

接下来，上课的时候，硝子拿出笔记本，转身递给植野看。

“刚才老师说了什么？你能教我一下吗？”

植野看完笔记本上的字，伸出手。

“把本子给我一下。”

硝子脸上露出喜悦的神情，一边低头致谢，一边把本子递给了植野。

将也呆呆地看着她们，心里还在想：什么是“无可奈何的事”……

竹内老师的话依然在将也的脑海中盘桓。老师拿着英语课本抬起了脸，对大家说道：“现在把我说的都记下来。从第20页到第25页，加上第32页第二章的实践，还有……”

见周围的同学都在埋头写字，硝子一脸困惑。

“大家都在写什么？”

“又来？”

植野有些不耐烦，接过硝子的笔记本，潦草地写下老师的话。

课间休息时，植野对好友川井抱怨硝子的行为：“都怪她，害得我都没听全老师的话。”

“稍后把我记的给你抄。”

川井同情地说。

将也碰巧听到她俩的对话，突然又一次想到了“无可奈何的事”。

某节课上，硝子为回答老师的提问举起了手。因为要等她花费较长时间在笔记本上写下答案，所以老师暂停授课，全班同学也都停下来等她。

整个教室里充斥着焦躁的气氛。

“不好意思，植野，你跟西宫说一下，好吗？让她下次写完了答案再举手。”

终于，连老师都不想再等了。这时的硝子却仍在往笔记本上写着答案。

课间休息时，植野又向朋友们抱怨起来：“其实她可以不举手的，对吧？她不知道那样会浪费大家的时间吗？”

“真希望她能读懂空气。”

“我懂你。”

周围的女生都和植野有着同样的想法。

将也又一次偶然听到了她们的对话，他意识到硝子的周围有太多“无可奈何的事”。

西宫转来之前，学校里没有出现过这些事。

明明大家都不想等她，都觉得麻烦，但因为是“无可奈何的事”，所以无法对西宫抱怨……

想说又不能说，大家的不满无处发泄。

见四下没人，将也试着与硝子搭讪："你……如果一直这样下去，会被讨厌的。"

比起上次，这次的搭讪更直白了。

硝子直勾勾地盯着将也，把本子递到将也的面前。

"你能写下来吗？"

"你……你可真麻烦！"

将也拒绝，大手一挥，逃也似的转身离开。

将也就读的水门小学每年都举办合唱比赛。

小学校每次都特地租借校外场地，所有人都参加。如果能在这个合唱比赛上获奖，对班级而言，将是极大的荣誉。

将也其实对这个比赛没什么兴趣，但女生们每年都特别起劲。

为此，音乐课也都用来练习合唱曲目了。

随便应付着唱了几句，滥竽充数的将也忍不住想打哈欠。突然，将也听到了一个声音，差点儿不敢相信自己的耳朵。

那绝不是"五音不全"这个词所能形容的。那极其糟糕的歌声响彻了教室。

其他同学的歌声立即停止，所有视线都集中在一个人身上。

硝子意识到大家都在看向自己，她神情不安地环视周围。

刚才还站在教室一侧的年轻女教师立刻走上前来。

“你好，我是‘听得见的教室’的喜多老师！”

“听得见的教室”是将也所在的小学校专门为听觉障碍者提供的特别教室。硝子之所以转来这所学校，就是因为这里有这样的教室。

喜多老师把硝子叫到自己的面前，蹲跪在硝子的边上，面朝大家说：“硝子有些五音不全，这是听觉障碍者的特征之一……”

喜多老师持续做着说明，其他同学则窃窃私语。

如果和硝子一起合唱，就绝对无法获奖……虽然没有人说出口，但大家的心里都是这么想的——这些话实在不好说。

虽然硝子五音不全，但大家只能和硝子一起合唱，这是“无可奈何的事”。

“她会和大家一起努力的！可以让她参加合唱吗？

觉得可以的同学请鼓掌！”

喜多老师话音刚落，“啪啪啪”的掌声就响起来，但实在不怎么响亮。

趁大扫除的时候，将也在硝子的笔记本上潦草地写下：“你五音不全，合唱的时候请装装样子就好！”

将也把笔记本还给硝子，立即转身。

硝子愣愣地盯着将也写下的字迹。

“别放在心上！”

喜多老师不知何时站在了硝子身后，一边说着一边把手放在了硝子的肩上。

将也感觉到，班上的同学对待硝子的态度正在发生变化。

比如今天在院子里照顾好花草树木，大家都回到了教室里，却只有硝子没有回来。

因为只有硝子听不见学校的铃声，所以只剩下她一个人还在继续除草。植野虽然和硝子分在了同一组，却没有提醒硝子。为此，竹内老师发了火。

将也有些同情植野了。既然和西宫同组，就理应对她多加关照。植野因为没有做到，所以被责骂了，这是无可奈何的事。但，果真如此吗？

突然，将也产生了一个疑问。

西宫在课堂上举手，要回答问题，于是全班只能暂停教学；西宫没能听见老师的话，于是植野只能花工夫和她笔谈，教会她；西宫明明五音不全，所有人却必须陪她一起练习合唱……这些真的都是无可奈何的事？

“的确都是无可奈何的事。”

某天，放学前，喜多老师来到将也所在的班级，对大家这样说：“听不见的人生就是这样。所以，我有一个提议：为了帮助硝子，大家要不要每天在回家前花三分钟学一点儿手语？”

喜多老师笑呵呵地大力挥动着手臂。

硝子站在喜多老师面前，和往常一样，脸上露出似乎为难的微笑。

将也第一次听说“手语”这个词。

“喜多老师，什么是手语？”

听到将也的提问，喜多老师非常开心，在黑板上写下“手语”两个字。

“手语就是用手说话……”

用手说话？听起来挺有意思。

将也稍微将身体前倾。

“那么，就从今天开始吧！由硝子给大家当老师。”

“老师……”

植野一边举手一边站起来。

“为什么说学了手语就能帮助西宫同学？”

“这么说吧，如果你跟英国人交谈的时候讲英语，对方就会心存感激。同样的，如果和听不见的人使用手语，对方就会感觉获得了帮助……”

“写在本子上不行吗？”

“大家要知道，对西宫而言，比起用笔写下来，使用手语更容易，也更便于表达感情。”喜多老师娓娓道来，脸上的笑容越发灿烂，像是在教一群什么都不懂的小孩。

相比之下，植野就显得面无表情了。

“我倒是觉得，比起打手语，写字更方便。”

“呃……但现在我们讨论的是，大家要如何帮助西宫同学，对吧？植野同学，你是嫌学手语太麻烦吗？怎么感觉你是在强词夺理……”

植野依旧一脸冷漠。喜多老师有些尴尬，但仍继续努力地进行动员：“对大……大家而言，这也是学习新技能的好机会，不是吗？我……我和竹内老师也会和大家一起学习！”

“诶，喜多老师，请稍等一下。”一直默默地旁观这一切的班主任竹内老师开口了，“喜多老师，您居然不会手语？”

喜多老师尴尬地看着竹内老师：“是的，所以打算从现在开始学习。”

“您自己不会，却让学生们先学，不害臊吗？”

教室里的气氛一下子变了。

到刚才那一刻为止，一切大体上以喜多老师所带动的气氛在进行，但竹内老师的这句话让形势发生了一百八十度的大转变。

喜多老师浑身冒汗，慌乱起来。

“不……不行吗？”

“难怪植野不乐意，这样是不行的。今天先算了吧，喜多老师……”

竹内老师冷静地说道。

硝子似乎也有所察觉，她担心地看着喜多老师。

就在这时——

“我……我要学手语。”

一名女生站了起来。

是佐原美代子，平时在班上不太惹眼的女生。

喜多老师声音颤抖地问道："你是……"

"我叫佐原。如果是每人每天学三分钟，我愿意把大家的那些份额都学了。我可以每天学一个半小时。"

将也很诧异。

在这种气氛下居然敢举手，还敢说要把大家的那些份额都一起学了，真有胆量。

佐原接着说："我愿意一整天陪着她：上课的时候、转换教室的时候……如果是以帮助西宫同学为目的，我觉得我一个人就够了……"

"啊，佐原……为什么……"

喜多老师手捂胸口，声音哽咽。

佐原很开心地笑着说："哦，我以前就有兴趣做这些事。"

喜多老师闭着眼睛，捂着胸口，一脸感动。

"竹内老师……六年级(2)班真的太棒了。各位同学！让我们为佐原同学的勇气鼓掌！"

全班都为佐原送上了掌声。只有将也注意到植野一脸不满，一动不动。

课间休息时，佐原来到了硝子的身边，两个人以笔谈进行交流。硝子的脸上明显有了笑容。

“这么卖力地博好感，辛苦你了。”

植野从佐原身后经过时丢下这一句。

佐原的笑容顿时僵硬了。

“出什么风头呢，那家伙？像个傻瓜。”

植野跟朋友们调侃，还故意让佐原听到。

“你们不觉得吗？她的衣服土里土气的。”

“可不是嘛。”

植野和那群女生看着佐原，笑着嘲讽。

“怎么了？”

硝子注意到佐原的表情有些奇怪，于是写字询问。

佐原神情茫然地盯着硝子，看了好一会儿，突然回过神来，站起身。

“啊，对不起，我……对不起。”

佐原一脸痛苦地跑出了教室。

她与走进教室的将也擦身而过。看到一脸担心地望着佐原离开的硝子，又看到在一旁哄笑的植野等人，将也大约猜出发生了什么事。

突然，将也自以为发现了西宫的真实身份。

西宫是来自西宫星球的西宫星人。她不仅是外星人，而且是会给班级带来灾难的破坏分子。

西宫不识趣地大声唱歌，导致整个班级在合唱比赛中以惨败收场；老师也常常因为她而拖堂；还有，自从被植野等人嘲笑，佐原就再也没来学校上课。

一切并不是什么“无可奈何的事”，而是西宫所带来的不幸。不知总是好像一脸为难地微笑着的西宫星人有没有意识到这一点。

某天，放学后，将也拿起了粉笔。必须把大家遭受的折磨告诉西宫……

将也在黑板上奋笔疾书，不知不觉，他的身边聚集了一群朋友。

“你还真能干傻事啊，将也。”

“不是挺好的嘛！”

“别写了，我可不管你了哦。”

各种议论此起彼伏。黑板上很快写满了字。

第二天，硝子第一个进入教室，她看着黑板，呆若木鸡。

“这次合唱比赛，恭喜恭喜！托西宫同学的福，我们没获奖！”

“五音不全，还要唱歌？”

“快向大家道歉！”

……

类似的话，写了满满一黑板。

不知过了多久，硝子回过神来，发现身边站着川井。

“太过分了，真是的……”

这时，将也、岛田、广濑和植野从教室后门走进来。

将也看着黑板，佯装诧异地叫起来：“哇，这是什么？在黑板上写了这么多！太过分了！是吧，阿岛？”

“我们帮忙擦掉吧。”

岛田安静地笑着拿起黑板擦。

将也他们把写满字的黑板认认真真地擦干净，好像什么事都没有发生过。所有的粉笔字都消失了。

将也放下黑板擦。

“看，多干净。”

硝子翻开笔记本，来到将也等人的面前。

“谢谢大家。”

将也他们看着笔记本上的字，都愣住了。

搞什么，这家伙……

笔记本上的字太令人意外了，将也盯着硝子。

说实话，他完全没料到硝子会是这种反应。

一般人遇到这种情况，要么哭，要么闹，要么一个劲儿地追问到底是谁干的。西宫不是“一般人”，真有意思！

这样继续下去，不知西宫将会变成什么模样……将也在心中大笑。

好好“使用”西宫，一定可以再次战胜“无聊”！

3. 自己负责

大扫除时间，硝子正独自在教学楼前的院子里用扫帚清扫落叶。突然，空中落下了灰尘和垃圾。

“哇……抱歉……西宫……我不知道你在这里啊。”

硝子吃惊地抬头看去。教学楼的阳台上，将也正端着畚箕朝楼下倒垃圾，一脸无辜的表情。

“你又干傻事了！你这个傻男生！”

教室里，班长川井边笑边数落。

“我是说真的，川井！我今天的眼神不好！”

岛田、广濑，还有植野，都被将也的玩笑话逗得合不拢嘴。背后突然出现了班主任竹内老师。

“怎么了？”

“老师，石田他……”

将也冷冷地看着川井。这家伙居然敢这么快就打小报告！

“快道歉！”竹内老师把将也带到了阳台上。

“我已经道歉了！是吧，西宫？”

将也向楼下继续清扫落叶的硝子说道。

不出所料，硝子并没有听见这句话，她一个人默默地打扫着校园。

“你看。”

将也回头看向竹内老师，一副胜利者的模样。

“你待会儿记得要好好道歉。”

竹内老师说完，走回了教室。

川井好奇地问：“老师，西宫是怎么失聪的？”

竹内老师没听说过，也没关心过。

“我下次问一下。”

“啊，我知道！”

将也得意地跳到大家面前。

“因为她忘记在耳朵里写经书了！”①

扑哧。

有人笑出了声。大家回头一看，居然是竹内老师！

竹内老师若无其事地走出了教室。

“唔……哈哈！”岛田勉强忍住了笑。植野见了，

① 出自小泉八云编撰的传说故事集《怪谈》中无耳芳一的故事。

“噗”的一声，没有忍住。

“无耳芳一？”川井说罢，广濑也笑了。于是像开了闸泄洪似的，所有人都笑了。

捉弄西宫，将也是核心人物，他带着大家一起开玩笑。在将也的心中，原本快要被遗忘的、曾令他雀跃不已的快感复苏了。

就是这个！

看到鼻涕虫就去撒盐，看到鸽子就去追，看到猫咪就去乱涂乱画。

看到西宫就去泼水，如果她逃走就去追，还要在她那本笔记本上乱涂乱画。

这就是正确“使用”西宫的方法！

将也渐渐摸索着要领，终于找到了……

这就是从无聊的每一天中逃离的方法。

教学楼外，硝子仍在清扫落叶。

“这个，借我一下。”

硝子突然被抢走助听器，一瞬间不知发生了什么。

“你们看看这个，这个！”

植野把助听器拿给女生们看。

“其实她听得见吧。”

“真的呢。”

“那就没必要给她特殊待遇啊。”

将也看看七嘴八舌的女生，又看看硝子，只见她欲言又止，表情僵硬。

诶？这不正是捉弄西宫的好机会吗？

“也给我看一下。”

将也从植野手里接过助听器。

“哇！上面黏着什么东西！好恶心！”

将也夸张地说着，把助听器扔出了窗外。

“哇……太过分了，你这家伙！”

众人虽然嘴上这么说，脸上却都在嬉笑。

将也觉得很有成就感，心满意足，一脸坏笑，看着正探出身子寻找助听器的硝子，发现她的另一只耳朵上还有一只助听器。

“诶？什么嘛，还有一只？”

将也用力一拉，于是硝子的身体一歪，只听“啪”的一声。

“啊——”

“诶，将也，你这就过分了！”

“呀，惨了！”

“刚才都叫你住手了！”

硝子脸色煞白，被将也拉扯过的耳朵开始流血，鲜血从她捂住耳朵的指间流到臂弯。

“啊，西宫，你没事吧？”

女生们见状，都围了过来。将也没料到会一下子弄成如此严重的地步，他浑身冒冷汗，目送硝子被带去了保健室。

不出所料，将也又被竹内老师叫去了办公室。

“我说了，我不是故意的。我只是想看看她戴在耳朵里的东西。”

“你是不是故意的不重要。无论发生什么事，所有责任都由你自己承担。我只想说，你别给我脸上抹黑。”竹内老师一边批改试卷一边背对着将也说，“不过，你的心情，我可以理解。”

什么嘛，老师明明都懂。变成这样，都是因为“无可奈何的事”。将也一下子从罪恶感里解脱了。没错，这也是“无可奈何的事”！

“我懂了，完全没必要道歉！”

放学后，和岛田、广濑一起回家时，将也的心情又变得开朗了。

突然，硝子出现在了路的前方，脸上露出诡异的微笑，手上在写着什么。

哇……出现了！这家伙……一直在等我吗？想干吗？叫我道歉吗？将也感到体内一点点地涌起对西宫的负罪感。出于抵抗，他摆出迎战的姿态。

谁会道歉啊，傻瓜……将也正这样给自己打气时看到了硝子递过来的本子上所写的文字，顿时目瞪口呆。

“对不起。”

什么意思？这家伙想干吗？

面对意想不到的情况，将也一时语塞。

他从硝子手里夺过笔谈用笔记本，心想：“有本事你来拿啊！”一言不发，还故意在硝子面前“啪啪啪”地翻着本子。

“有牢骚？你倒是说说看？”

硝子郑重地看了看将也，随后低下头。

“将也，估计她没听懂。”

岛田话音刚落——

硝子低下头，闭上眼睛，突然握住了将也的手。

“干……干吗？”

将也无法理解发生了什么事。岛田和广濑也愣住了。西宫一直不松手。

时间停止。

干……干……吗？将也拼命在脑海中整理思绪：自己被西宫握住了手，自己被西宫……手……

“你干吗？”

突然回过神的将也神经反射似的甩开硝子的手。

“这算什么啊！”

“西宫，你真的太有趣了！”

岛田和广濑大笑不止。

“咦？将也，你怎么脸红了？”

“哪有！”

“害什么羞嘛！”

硝子呆呆地看着他们仨笑作一团。

她笑得有些笨拙，盯着将也，右手和左手在胸前紧紧相握。

三人见状，止住了笑声。

“她想干吗？”

将也等人完全不知道硝子在做什么。

“走吧。神经兮兮的。”

自己明明对西宫做了那么过分的事，她居然不生气，也不抱怨，还跑来道歉，又笑成那样……这个女生实在太莫名其妙了。

将也转身离开，同时粗暴地把手里的笔记本朝身后一扔，不偏不倚，刚好掉进池塘。

听到“扑通”一声，将也回头看去，只见硝子跳入了池塘！

硝子不顾衣服已经湿透了，趴在池塘里，拼命搜寻笔记本。

“哇……没搞错吧？这么脏！”

将也他们的冷嘲热讽并没有传入硝子的耳中。

那天过后，将也继续捉弄西宫。

只要自己对西宫做些什么，大家就会嬉笑，就会关注自己，就会聚在自己身边。

多么快乐的日子啊！令人愉快的小伙伴和令人愉快的西宫星人！这就是所谓的充实吧！

将也沉浸在获得满足的感受中，从未思考过硝子到底在想什么。

将也每次弄坏硝子的助听器之后，硝子就再买一副新的，但随后还是会被将也抢去当玩具。

只要开心就好。没错，只要能持续战胜“无聊”。

“在今天这节综合课上，有件事要和大家说。”

竹内老师一脸严肃地环顾教室内，他的边上不知为何站着校长。

“首先请校长讲话。”

校长头发花白，平日里总是一脸和善，此刻却神情凝重。

“关于今天请假的西宫同学，其实，昨天她母亲来过电话。”

原以为校长会说些无聊的事，“咔嚓咔嚓”按着自动铅笔、闲得发慌的将也一听见“西宫”的名字，顿时来了精神。

他这才意识到，西宫今天居然没来学校……

“短短五个月之内，就有八副助听器被弄丢或被弄坏……她母亲怀疑学校里有人欺负西宫。”校长继续说道，“如果有人知晓内情，请举手。”

教室里一阵静默。其实每个人都心里有数，但没想到情况会变得如此严重……

“据说总金额高达一百七十万日元。”校长语气淡然，继续施压，“这么昂贵的助听器，你们还是孩子，肯定赔不起。如果现在坦白，校方也许可以出面协商。不要等到不可收拾，要去找你们的父母……”

将也的脑海中浮现出母亲的脸，不由得浑身发抖，汗流浃背，唇干舌燥，哑口无言，动都不敢动一下。

“话说回来，如果校方无法弄清楚到底是谁干的，那么只能去找警察了。”

“一百七十万日元”

“警察”

……

听到这些词，将也快要喘不过气来。

如果此刻不自首，就会惊动警察，自己就会变成罪犯，母亲就要赔付一百七十万日元……怎么办！

将也费劲地试图举起颤抖的手臂。好不容易举到手腕抬起的高度，突然——

“喂！石田！就是你吧，站起来！”

气势如虹、咆哮出声的人是竹内老师。

将也只能站起来。

“植野，你一直在边上看到了吧？”

竹内老师质问坐在将也邻座的植野。

“诶，算是吧，他把西宫听不见当成好玩的事，背地里吧？好像是嘲笑过的。”植野一脸无辜地回答。

听了植野的话，将也震惊得忍不住了。

“啊，你好意思这么说……”

“但我觉得，没有及时阻止他，我也有不对之处。”

植野继续说，却不敢看将也。

“恰恰相反，我觉得植野是提醒石田最多次的！”

把手举得高高的是班长川井。

“基本上，女生们都觉得石田做得不对，但不知男生们怎么想。”

难……难以置信……将也看向川井的眼神像在看一个可怕的怪物。

“是吗？岛田，你是怎么想的？你和石田的关系很好吧？”

这次，竹内老师把矛头转向了岛田。

“其实，我……说过……叫他别那样做……但将也他不听我的。”

最亲近的人居然背叛自己？将也只觉得大脑一片混乱。为什么？为什么？

“干吗？为什么从刚才开始，搞得好像只有我是坏人？你们不是都笑话过？老师也是！”

将也满脸通红。

没错，老师也笑话过，才让我觉得无论对西宫做什么都可以被原谅。而且，大家不是都曾经以此为乐嘛！

竹内老师朝讲台重重地捶了一拳：“石田！现在是在说你的问题！！”

不止是我！不止是我！

将也拼命搜寻共犯。

“还有说坏话这种事，其实女生说得最多！特别是川井和植野！”

“石田，你太过分了……我作为班长，怎么可能……为什么？大家平时不是关系挺好的？”

川井摘下眼镜，豆大的泪珠在眼眶里打转。

“快道歉，石田！”

“真差劲。”

教室里，同学们你一言我一语，都开始责怪将也。惹哭川井，令将也罪加一等。

这天放学回家的路上。

“哇……”

将也突然被岛田从背后推进了池塘，书包、教科书……浑身上下都湿透了。

“今天真是灾难日吧，将也？虽然发生了很多事，但从明天开始，我们还是好朋友，对吧？再见。”

岛田说完，和广濑、植野和川井一同离开。所有人都斜视了将也一眼，但什么都没说。

为什么……为什么我落得如此境地……

池塘里的将也震惊得一时无法动弹。过了好一会儿，他突然摸到池底有什么东西。捞起来一看，是西宫的笔谈笔记本。

为什么这东西会在这里？那家伙不是捡回去了吗？

将也的脑海里浮现出毫不犹豫地跳入池中寻找笔记本的硝子的身影。

那家伙在这本子上到底写了什么样的对话？

将也突然来了兴趣。好像偷窥他人的日记，自知理亏，却还是忍不住翻看起来。

“初次见面”“你从哪里来？”“请多关照”“和我做朋友，好吗？”“谢谢”……

翻到下一页。

“谢谢”“谢谢你一直帮我”“谢谢”……

继续下一页。

“随便吧”“对不起”

下一页。

“对不起”……

下一页。

“对不起”……

继续翻……

全部是一句又一句的“对不起”……

将也全神贯注地翻看着笔记本，直到听见竹内老师的声音，才回过神来。

“喂，石田，谁允许你进池塘玩了？”

“我是被岛田推进来的。”

“不许骗人，说实话。”

将也不明白，自己说的明明就是实话……竹内老师为何相信岛田和川井的谎话，却不相信自己的实话?

回到家的时候，母亲正好挂断电话。

将也现在不想见母亲，他不知道该怎么解释学校里发生的那么多事。

正打算不吭声，直接走上二楼，将也被母亲叫住了：“老师都告诉我了。”将也停下脚步。

母亲注意到将也浑身湿透。

“你……你为什么湿成这样？”

“不为什么。和以前一样，跳水闹着玩了。”将也不耐烦地回头答话，却见母亲正在流泪。

“真是，太不争气了……”母亲连声音都在颤抖。

将也一个人愁眉苦脸，双手抱臂，坐在停于邮局前的车子里，透过车窗看着母亲。

母亲从柜台领走一只装有纸币的厚信封。

为什么会变成这样？为什么只有我？那节综合课过后，将也一直耿耿于怀，却百思不得其解。

母亲一路开快车，停车后立刻下车跑了出去。前面站着一个女人，是西宫的母亲。

她两侧的头发都扎在脑后，长长的前刘海只有左半边耷拉在额头，怎么看都觉得很神经质。

虽然看不清她的表情，但那副抱着双臂俯视着不断低头致歉的自己母亲的模样，明显是在生气。

将也远远地看着，却看见母亲又突然跑了回来，气喘吁吁地说：“硝子好像没来。我和硝子妈妈去店里聊一会儿，你在这里等着。回去之前，你也给人家好好道个歉。听懂了吗？”

将也无奈，只能在附近闲逛，打发时间。

从明天开始，自己的生活会发生变化吧——将也一边打哈欠，一边回想之前那些充实的日子……

不到明天，就没法知道。虽然班主任老师已经公开与自己为敌，但其他同学居然还能像平时一样聊天。已经完全没可能继续欺负西宫了。没办法。如果对方提出要求，道个歉也没什么，但不可能和她成为朋友，绝对不可能！

将也边走边想着明天的自己会是什么样。突然，他看到坐在前方长凳上正在喂鸽子的硝子。哎哟！她明明来了嘛！

将也慌慌张张地躲到一根柱子后面。视线所及，刚好看到情侣模样的男女同撑一把伞的涂鸦。

这里居然是约会热门地……去死！去死！

恼羞成怒的将也把怨气发泄在那对素未谋面的情侣身上，用力踢柱子。

也许是感觉到了将也的这股杀气，硝子抬头朝柱子这边看过来，与正躲在柱子后面抬起一只脚的将也视线交会了。

“不关你的事！”

将也有些狼狈，快步离开。过了一会儿，再次闲得发慌之际，眼角余光居然看见硝子跑来的身影。

“信不信你再靠近我就揍你！滚远点儿，去坐着！傻宫！”将也一阵乱喊乱叫，明明知道西宫听不见。

这时，有人走近硝子。

“回家了，小硝。”

是硝子的母亲，她此刻正瞪着将也。

“啊……对哦。”

面对这突如其来的状况，将也有些语无伦次。

硝子的母亲冲着将也尖刻地喝斥：“一脸贱相。母子俩一个德行！”

然后转身拍了拍硝子的肩膀，与她一同离开。

“小将，走了。”身后传来自己母亲的声音。

可恶！

“小硝”“小将”为什么听起来一样[1]……

“从明天开始做个好孩子，好吗？”

母亲只说了这一句，然后和将也一起朝着与硝子母

① 日语中，“硝”和“将”的发音皆为“shou”。

女相反的方向离开。

将也回头看了一眼，见一位老人正满脸担心地看着硝子和她的母亲。那位老人一头白发，左眼边上有一颗痣，感觉很和善。

那是谁？是西宫的外婆？和她那个凶悍的母亲看起来一点儿都不像母女……

“砰！”

将也的脑袋突然被球砸中。

回头一看，以岛田为中心的一群男生正看着自己，还大笑着。

“嘿，小将！我今天眼神不好，没看到你！”

这是将也从教学楼的阳台上把垃圾倒向硝子时曾说过的话。

“傻——瓜！剽窃我说过的话，有意思吗？”

将也和往常一样没当回事。他觉得这和以前一样只是闹着玩儿，怎么可能有恶意？

然而，总觉得哪里不对劲。

接下来，他们迄今一直玩的“比谁大胆”游戏中，广濑强迫将也从教学楼的三楼跳下去；玩摔跤游戏的时候，岛田和广濑二对一，联手对付将也，把将也摔得鼻青脸肿。

浑身是伤的将也回到家，母亲和往常一样问道：“回来了……怎么搞的？衣服弄得这么脏！你又去哪里玩儿了？”

是被岛田和广濑打的……将也怎么都说不出口，只能逞强地说：“啊……是啊，很开心的。阿岛他……”

“岛田他们来了？我买了蛋糕！有三块！你们拿去一起吃。”母亲一边给客人理发，一边对将也叮嘱。

石田理发店——将也的家，就是这间小小的理发店。

将也错过了告诉母亲自己是一个人回来的时机，事到如今，只能继续说谎！

将也回到自己的房间，为了让在楼下店里忙活的母亲听到，他特地大喊大叫——

“打游戏吧！小将！”

“蛋糕看起来真好吃！”

“我吃了！”

“太好吃了！”

将也一人分饰三角。

“哈哈哈哈……”

“哈哈……”

“好吃。”

“好吃。”

将也干巴巴的笑声充斥了整个房间。他不想承认只有自己一个人，更不想被母亲知道。

将也强忍着不哭，继续大声地干号。

“哈哈哈哈……”

“哈……”

我只是想战胜“无聊”。

在学校里，将也又被岛田和广濑用球砸了。

将也坐在自己的座位上，看着硝子的背影，陷入了沉思。

是这个班级变了吗？因为这家伙的到来，我的朋友都变了，我也变了。我们几个曾经那么要好。

今天，将也又在学校后院被岛田和广濑推倒在地，被拳打脚踢。

“咦，是石田？”

“嘿，知道什么是因果报应吗？这就是了。”

“呵呵。”

放学后，女生们看到将也的模样，边走边议论。

没错……都是那家伙的错。将也脸朝下趴在地上，心中涌起一股怒火。

西宫硝子，我非常讨厌那家伙。

将也握紧颤抖的拳头。非常讨厌！

突然，将也感觉有人在看着自己。抬头一看，居然是令他愤怒的“元凶”——西宫硝子。

硝子和平时一样，对将也投以笨拙的微笑，手里还捧着将也刚才被扔了一地的教科书和练习本。

“谁让你碰我的东西！”

还在气头上的将也从硝子手上一把打掉书本。

“滚！滚开！”

将也像驱赶虫子一样，用一只手赶硝子走。

谁需要你的同情！

看着硝子离开的背影，将也重新审视自己。

我，和你不一样……

我和你不一样，我不是全班的累赘；我和你不一样，我不是被欺负的对象；我和你不一样，我听得到大家的声音。我……

然而，很明显，同学们捉弄的对象已经从硝子换成了将也。

吃午饭的时候，被人用叉子戳；上课的时候，椅子被人搬走；打扫的时候，垃圾“从天而降”；被人从身后拿着喇叭大喊“哇！”，说什么测试听力级别；在学校里穿的室内鞋，刚买来新的，马上不见踪影，已经丢了整整八双……

这天，班主任竹内老师过来问将也：“你最近是不是经常丢鞋？”

“是啊，老师！请想想办法吧！”将也寄望于老师。

然而竹内老师冷冷地回应：“别撒谎，说真话。”

将也一下子愣住。

“撒……撒谎？哪有！老师……一定是岛田和广濑干的……”

“是嘛。没想到从你嘴里说出怀疑他俩的话。”

百口莫辩……将也赶紧补充道：“但我的室内鞋真的一直被偷啊！”

“原来如此。退一万步，假设你说的是真的，确实是他俩偷了你的鞋，但问题的源头难道不是你自己吗？欺负西宫的人有什么权利投诉朋友？”竹内老师眼镜片后面的目光犀利、不留情面地对着将也。

“我警告过你吧？一次又一次。我说过，你要自己负责。”

“自己负责。”

这句话让将也彻底无处可逃。无论自己有多凄惨，老师都不可能帮助自己。朋友也都没有了。能帮助自己的人，一个都没有了。

“自己负责”“自己负责”“自己负责”……

翌日，将也的脑海中反复跳出这个词。

那就去自行解决！

第二天一大早，将也来到学校，把新买的室内鞋放进鞋柜。他决定自行找出偷鞋的真凶，抓现行！

将也躲在换鞋处的边上等待犯人出现。终于看到一个人影！

偷鞋的居然是那家伙？！

来人是捧着花束的硝子。将也顿时有些吃惊，但立刻明白硝子并非自己要抓的人。

将也跟在硝子身后，看着硝子用花瓶接了水，再把花束插入花瓶，然后捧进教室。

西宫那家伙是负责照料花的……才这么早来学校。

将也观察着硝子的一举一动，只见她这会儿正静静地用抹布擦拭课桌。桌上被人涂鸦："去死。"

还有人在欺负她啊！真可怜。

将也留下硝子一个人待在教室里，自己又回到了换鞋处。

西宫啊……如果一直默不作声，就不会改变现状，得像我一样去战斗啊。

将也带着对硝子的些许同情和一点点的优越感回到换鞋处，刚好看到岛田和广濑准备把他的鞋扔掉。

"啊，被发现了！"

"果然是你们，浑蛋！！"

三个人当场扭打成一团。不过因为是二对一，结果将也流着鼻血倒在换鞋处。

可恶的岛田……可恶的广濑……可恶的……

将也心中不断地涌起一股又一股的懊恼。

突然，将也想起刚才在教室里擦拭课桌的硝子。

西宫，你也一定这么想过吧！"可恶的石田！"石田，活该你现在倒霉！去死！浑蛋！石田！去死！……

将也渐渐意识到，自己已陷入和硝子同样的境遇，换言之，成了被欺负的对象。

而且自己是如此气愤。然而……

“对不起。”

硝子的本子上却写满了这句话。

为什么对不起？说其他的都可以理解，唯独说“对不起”……为什么对不起？

将也再次确认，西宫一定非常憎恨自己。突然，他觉得脸上被什么东西盖住了。

睁眼一看，是硝子。她正坐在自己身边，用手帕为自己擦拭脸上的伤口。

刚才正在想到的、绝对憎恨自己的人，居然出现在眼前，将也不由得一惊。

“干……干什么……装什么好人？”

将也依旧满心懊恼与气愤。

“你过来干什么！”

无法理解硝子的行为，这让将也更来气。

“又给我看这种表情……”

硝子笨拙的笑容令将也的愤怒达到了顶点。

“有话就说！”

光靠嘴巴说，还不解气，将也用力踢了一下硝子的脚。硝子被踢得背部撞上鞋柜，头部也被狠狠撞到。

“卑鄙！”

将也将积郁在心里的话一吐为快，反正西宫听不见，所以没关系。

“闷声不响地装出一副弱者的模样，让老师袒护你！你一定从没说过真话！”

硝子被刘海遮住的眼神一瞬间变得犀利，紧接着，“啪”的一声！

硝子用右手朝将也的左脸打了一巴掌。

将也从没想到会挨硝子的耳光，当场僵住。

西宫居然打人？只会写“对不起”的西宫居然……

硝子有些害怕地盯着将也。

“你……你居然动手？”

“啪——”

这回是将也拍打了硝子的右臂。

硝子也毫不示弱地反击，她用左手捂住将也的嘴巴，用尽全力发出声音：“特语……赫来莫特唔！”

这是将也第一次听到硝子说她想说的话，却是无法理解的语言。他模仿着硝子，反问道：“巴拉巴拉（你在说什么？！）”

硝子一边倒下，一边仍捂着将也的嘴巴，同时用脚踢着将也的身体，还用力咬住将也按着她的脸的手。

将也忍住疼，不肯罢休地反咬硝子的手。

两个人动真格地干起架来。硝子的脸看起来好像在笑，这种笑容与以往有所不同。将也第一次见到硝子这样的笑脸。

两个人不知道打了多久，直到有人叫来了竹内老师和喜多老师，他俩这才停手。

一个月后。

“西宫转校了。”

竹内老师对大家宣布。事情来得突然。

那家伙就这样一声不吭地消失了。

第二天。

“他才发现？”

有人在将也的背后议论着。将也发现自己课桌的桌面被人涂鸦了咒骂的话。

将也取来抹布，开始擦拭桌面。

原来，那天硝子擦拭的是将也的课桌。

当时将也还觉得西宫可怜，还拥有着自以为是的所谓优越感。他现在才发现，最蠢的人竟是自己。

之后的每一天，都有人在将也的课桌上用粉笔胡乱涂鸦，无休止地……直到小学毕业那一天。

每天早上……其实每天早上，西宫都曾为将也擦拭桌子……

自从硝子转校离开，将也每天早上都自己擦拭桌子。硝子那被自己捉弄后吃惊的表情，随后那一脸笨拙、暧昧的微笑，还有自己最后看到的那张脸……

将也回忆着硝子的各种表情，不知不觉，眼眶里竟已满是泪水。

“那家伙，真的太让人生气了……”

西宫硝子，我曾经非常讨厌她。

4. 孤立

“你最好不要和石田将也走得太近，因为他会欺负人哦。”

在中学的入学仪式上，岛田对一位同学说。

很快，这个传言就扩散至整所学校，将也因此被孤立起来。

将也也主动选择了孤立——也许是为了让自己相信，其实自己并不孤独。

初二的时候，将也第一次独自去了名古屋。因为感觉离家很远，所以他一路上非常紧张。但当他得知已经到达时，顿时觉得：只要“有储蓄和勇气，其实还蛮容易做到”。

曾以为遥不可及的东西，也许其实近在咫尺……

将也特地跑去名古屋市区，购买了自己很喜欢的歌手的限量版唱片，那是岛田和广濑都还没能买到的宝物。

“你买到限量版了？”

“还没有，真的很想要啊。”

将也听到他俩的对话，鼓起勇气上前搭讪：“我……我……买到了，限量版……”

将也以为这么一来又能和他俩做回好朋友，还可以和他俩分享自己一个人勇闯名古屋的见闻。

然而那两个人的反应让将也的期待彻底落空。

“哇，我不再喜欢这个歌手了。”

“我也是。”

后来，连将也都不再喜欢那个歌手了。

在这世上，有些东西确实遥不可及。意识到这一点的一瞬间，将也似乎看到了自己的未来。

将也在脑海中想象自己今后的人生——

在拍摄毕业集体照的当天缺席，结果只有自己的照片被单独摆出来；整个高中时代，一个女朋友都交不到；考不上大学，成了万年落榜生；去吃烤肉的时候，大家都在开心地吃肉，只有自己一个人在煮饭；即使找到工作，也只会惹上司生气，独个儿躲在厕所里吃盒饭……

等到头发渐渐稀疏，母亲过世，自己只能边流泪边吃泡面；每天都去职介所找工作，但还是找不到，只能靠捡垃圾过活；等到生病了，就在垃圾堆里结束这悲惨的一生……

反正最后都是死。既然如此，不如在那之前把“未完成的事”都了结掉。想到这里，将也开始着手了结“未完成的事”。

在名古屋，和唱片一起购入的还有那本手语书。将也自此开始努力学习手语，为了“那一天”的到来……

将也的被孤立状态，到了高中也依然没有改变。

最近，将也开始觉得，一个人是理所当然的。他没想过主动去结交新的朋友，因为即使有了朋友，他们也会说背叛就背叛……

将也变得不再相信任何人。

“石……石田同学，你现在方便吗？基础学的笔记，你好像还没交吧？”同班同学怯生生地问将也。

“哦，忘记了。”

“请快点儿交哦，虽然你可能比较忙。”同学的朋友也跑过来催。

将也听到的却是不一样的声音。

だより
卒業に向けて

“真会给人添麻烦。”

“他肯定没做笔记。”

将也知道是自己想多了，但所有的同学似乎听起来都话里有话。

“石田，你带石灰了吗？”(来帮忙呀，傻子。)

“石田，你为什么总是一个人啊？”(看上去孤零零的，好恶心。)

“石田，你没有兴趣爱好吗？你好帅啊。”(不会真的自以为很帅吧？)

将也看着自己旁边正在聊天的三个人。即使如此正常，他也可以听见不一样的内容。

“啊……他是不是在盯着我们这边啊？”

“哇。”

“真烦人。搞什么啊？”

“恶心。”

将也不由得捂住耳朵。

太吵了！我不是为了取悦你们而存在的！我就是讨厌你们！

将也在心里对每个同学咒骂。

“先说你，茶色的头发一点儿都不适合你。”将也心里在这男生的脸上画了个叉。

接着，他又看到几位女生在聊天。“你们几个，明明长得这么丑，还瞎起劲地聊恋爱的事，真恶心。”将也心里在那三个人的脸上都画了叉。

“你，老是臭美，烦人，打叉！”

“你，故意表现得与众不同，打叉！”

“宅男，打叉！”

“假装很忙，打叉！”

“假装病恹恹，打叉！”

所有人都是叉、叉、叉！

讨厌所有人，也讨厌可厌之人所喜欢的东西，还讨厌可厌之人的朋友。讨厌！讨厌！于是，所有同班同学都被将也在心里打了叉。

高三那年的春天，将也终于找到了硝子。

“是你吧？她们说你在找一个女孩？”

“啊……是的。”

有人打电话到将也的手机上。

“她周二会来哦。你五点的时候过来看看吧？”

将也的人生就此定格。今天是四月十日周四。日历上到九号为止，每天都被划了斜线。

下周二是四月十五日。将也把四月十六日之后的日历全撕掉了。

自己的人生到这一天为止。不，是由自己在这一天亲手终结。

随后将也辞去兼职，把所有能卖掉的个人物品全卖掉；又把藏在衣橱里、从小积攒起来的压岁钱全翻出来；还注销了银行账号，凑足了整整一百七十万日元。

四月十五日周二。

“还你钱。”

将也在信封上写下这句话，把一百七十万日元放在熟睡的母亲的枕边，离开了家。

对不起，我这个做儿子的太没出息……将也在心中喃喃自语。

不得不见面了吗？原以为要等到六十岁。

将也站在举办手语训练课的大楼前。他下定决心走进去之后，又东看看西瞧瞧。

突然，将也感到一种熟悉的感觉从自己身旁经过。

“啊……”

将也急忙转身，确认了那个人的模样之后，他眼中渐渐涌上热流。

嗯？可恶，为什么？将也急忙用袖子擦掉眼泪。

怎么能以这种苦相去见她！

“啪！”

将也猛地抽了自己一巴掌，清醒过来，重新振作之后，开口叫了她的名字：“西宫！”

5. 重逢

感觉有人在拽自己的袖子，硝子回头看去。

一瞬间，四目相对。沉默片刻，将也与硝子之间那分别的五年时间仿佛转瞬即逝。硝子立刻转身背对将也，一溜烟地逃了。

“等……等一下！”

将也急忙追上去。

“西宫！怎么回事？不记得了吗？你不记得我了？”将也边跑边喊。

可硝子根本没停下脚步。

这样下去，就没法说上话。

将也心里开始着急。自己到底为了什么来到这里？卖掉所有物品，把钱还给母亲，自己已然一无所有，只差向西宫道歉了。

不完成这件事……自己无法去死。

“我是你小学六年级时的同学——石田！”

硝子越跑越快。

拜托！别走！

“我是石田将也！”

将也在提高嗓门的一瞬间急得乱了方寸，脚下一个趔趄——没来得及吃惊，就猛地向前扑去，双手伸得笔直，重重地倒在地上，摔成好像一根木棒的模样。出于疼痛与绝望，他好久都没法动弹。

也难怪……将也一件一件地回想起自己曾经怎样捉弄西宫。

毕竟自己干了那么多的坏事。她看到自己就逃或是捅自己一刀，都不稀奇。明明自己也在来之前作好准备，无论对方是什么反应……

也好，终于有了答案，没有机会了。

以前有过一次、两次……无数次的说话机会，但都被自己拒绝了……

将也在脑海里回想硝子害怕时的脸、吃惊时的脸，还有那暧昧不清的笑脸。

那时候，西宫曾主动找自己说话，但现在……

没能了结最后这件“未完成的事”，遗憾的心情令将也感到浑身无力。

就在这时——

伸向前方、已然脱力的手好像碰到了什么东西，那触感像是有人将自己的手掌翻开，并在上面写字。

“为……”

此刻的将也已无力抬头。过了一会儿，他感到下一个字是“什”，后面还有“么”……

“为什么？”

当触感形成了完整的意思之后，将也终于抬起头。眼前正是以手指在他掌心写字的硝子。两个人看着彼此，注视了许久。

“谢……”将也好不容易才发出声音，却没能说出更多的话。

硝子以双手握着将也的一只手。将也浑身冒汗，却没有了五年前那种抗拒的反应。

硝子用力一拽，把将也拉起来。

“谢……谢……你……”

看到将也结结巴巴地道谢，站起了身子，硝子立刻松开了手。

“为什么？”

将也思考着西宫这个提问的意味。

她是想问自己为什么在这里吗？

将也慢慢取出一本笔记本，那是小学时被将也扔进池塘、后来当他自己被人推进池塘后偶然找到的。是硝子用来笔谈的笔记本。

“你还记得这个吗？这个笔记本是你的……”说到这里，将也终于想起硝子根本听不见自己说的话。

“啊，对哦。”

将也边说边将握成拳头的右手贴在太阳穴处，一边向上举起一边张开。

“是你落下的东西。”

硝子诧异地看着将也的动作。

“什么？”

这次轮到硝子以双手表达意思。

“为什么你会手语？”

“我学的！我……”

将也再次开口说话，想起此刻得用手语，于是双手拼命地比画。

“为了……说一句话。”

硝子看着将也比画的手语，“啊”的一声，瞪大了眼睛。

“因为你听不见，所以我努力学会了。”

硝子从将也手里接过笔记本，一页一页地翻着因曾被水泡过而变得皱巴巴的纸张。

“你有怨言，对吧？有本事说出来呀！”

在将也心里，与这句话有关的、当年的那些记忆随即复苏了，他不由得脸色惨白。

一边说着“真恶心”一边把这本笔记本扔进池塘。

对着跳进池塘拼命搜寻笔记本的西宫，自己当年恶狠狠地说出：“好脏！”

“我想通过这本笔记本与大家成为朋友。”转校后的第一天，西宫曾笑着举起本子给大家看这些文字。

自己伤害她有多严重……

啊……不行……还……不够！虽然好不容易和西宫说上了话，但将也的内心再次被绝望感笼罩。

还不够！还不够！还不够！惩罚……去死……

“这……这个……你最好别看……”

将也慌张地想拿回硝子手里的笔记本，却吃惊地发现抬起头来的硝子泪流满面。将也心中涌起一阵阵后悔。不该给她看这个。

“不是的。这个……一半是为了见你而找的借口

……其实……我是为了自己……才来这里的……”

将也使用在见到西宫之前拼命学习的手语说道。

“有件事，我一直在想……小学六年级的时候……那时候，如果我们能听到彼此的声音，该多好啊。”

硝子默不作声。

“我讨厌我自己。我很自私，不懂得体谅他人，靠蔑视同学才苟延残喘至今。十七年了，活到现在，我从没觉得自己是个好人，一次都没有。”

这是将也第一次如此坦诚地表白心意，他一直低垂着头比画手语。

“那时候，我只会靠互相伤害去传递声音。事到如今，我非常后悔……而最可气的是，我从那时至今，完全没有改变……”

将也回想起与西宫打架时的情形，表情变得极为扭曲。他把右手的手掌朝着前方，再转回朝向自己，继续表白：“但是……但是现在……我觉得……我懂……你的声音……”

将也回想起自己把硝子的笔记本扔进池塘的那天，硝子对自己做过的手语。

现在，将也终于明白，那时候的西宫想告诉自己的其实是……

“西宫。”

将也抬起头看着硝子，指指自己，又指指硝子。

“我，和你。”

和那天的硝子对自己比画过的手语一样，将也的双手在胸前紧紧交握。

“我们能……成为朋友吗？”

是的，当时西宫就是这样对自己说：“让我们成为朋友吧？”然而，那时候的自己什么都不懂，甚至没想过要去弄懂……

硝子呆愣愣地看着将也，那样的眼神让将也感到心头一颤。

完了！说太多了！本来只打算道个歉就消失的，干吗突然说什么要成为“朋友”？

“当时你说过想成为朋友，对吧？你可真厉害，居然能说出那么不怕羞的话！”

将也突然一阵害羞，忘记比画手语，情急之下，找补了自己刚才以手语所传达的话。

但紧接着，下一秒，发生了和那时候一模一样的事。硝子低着头，紧紧地握住了将也的右手。

周围不知何时围上来好几位阿姨，还发出尖叫。

“呀！快看！这就是青春啊！”

“哎哟，真的是！”

握着硝子温柔的手，将也的额头流下害羞与慌张的汗水。他完全没法预料硝子的行为，彻底失去了方向，但同时又因为看到硝子并没有拒绝自己而感到些许安慰。

随后，将也与硝子来到一座桥上。

据说每周二，西宫都会来这里用面包投喂鲤鱼。

不同于刚才的喧嚣，此刻已是宁静、平和的傍晚时分——小河上的桥仅供步行者专用，而且桥面的正中央比两侧稍稍突出一点儿。将也与硝子并肩而立，周围别无他人。

硝子将面包撕成小块，从桥上丢入河中，河里的鲤鱼一下子聚集过来。硝子开心地看着下方。

“你为什么每周都来喂鱼？”

将也觉得好奇，比画着手语问硝子这个无关紧要的问题。

硝子也以手语回答：“只要能够被需要，我就觉得高兴。”

现在的将也虽然能看懂西宫在说什么，然而即使知道手语的意思，却还是不明白西宫的想法。

“你净想些奇奇怪怪的。”将也一边回应，一边深深地感慨：现在居然和当年的自己那么讨厌的西宫这般自然地聊天。玩“比谁大胆”游戏是自己最可耻的过去。今天本该从高高的桥上跳下寻死，不料计划改变，自己竟在这里喂鱼……

将也看着河面上自己脸颊的倒影。明明这么卑贱，眼睛还充着血，还有青春痘……对了，说将也长着一副“贱相”的是硝子的母亲。

“该走了，小硝！”

身后突然传来一个熟悉的声音。将也诚惶诚恐地回头一看，刚巧撞上硝子母亲冷冷的视线。

“走了。你先回车里等着。”

硝子想说些什么：“唔……稍……”

“什么？该回家了，懂吗？”

硝子的母亲比刚才更用力地拽硝子的手臂。然而硝子竭力反抗。

“上——车！回——家！”

为了让硝子听明白，硝子的母亲特意一字一句大声说着，语气非常强硬。

看着母女俩的模样，将也看懂了硝子的手语，对硝子的母亲说："那个……她说，面包还有剩余，想多待一会儿。"

硝子的母亲听到了将也的声音，却面不改色地继续催促："走，回家去！"

这时，硝子的母亲突然注意到硝子手里拿着小学时用来笔谈的笔记本。这对硝子的母亲而言，想必也是一段痛心的回忆。

"你怎么会拿着这个？……快扔掉！"

硝子的母亲突然发怒了，一把抢过笔记本，从桥上扔了下去。紧接着，将也和硝子母亲的眼前出现了令他们难以置信的一幕——硝子竟然追着笔记本，从桥上纵身跳下。

"小硝？！"

硝子的母亲脸色煞白。然而，硝子的手并没有触碰到笔记本，而是整个人在空中翻了个身，落入河中。

"西宫？！"

紧张的将也毫不犹豫地跳入河中。硝子的母亲一脸震惊地从桥上往下看。

水中的硝子一次又一次挺起身体，将腰部以上露出水面，换了一口气，然后又立刻扎猛子，钻入河水中寻找笔记本。

为……为了一本笔记本这么拼命……值得吗？那本笔记本上写满了恶毒的话……将也无法理解硝子的行为，但还是拼命钻进河里找寻硝子的踪影。终于，在潺潺的河水中，将也找到了被水草缠住的那本承载了太多故事的笔记本。

“西宫！”

将也上岸后把笔记本交给硝子，硝子开心地行礼。

“这笔记本……有那么重要吗？”将也用手语问。

硝子用力点头，然后冲将也莞尔一笑。

“小硝！回家了！”

对着还泡在河里的两个人，桥上的母亲大声喊道。

硝子回到母亲身边，从头发到鞋子都湿透了。母亲从硝子的耳朵里摘下助听器。

“这只助听器……估计不能用了。”

助听器……将也想起今天早上刚刚把赔偿弄坏助听器的钱还给母亲。对了，我明明是来向她道歉的！

硝子的母亲催促硝子快点儿上车，完全不搭理将也。不过硝子曾回头看着将也，转动右手的手腕，横向伸出食指和中指。

面对着即将离开的硝子和她母亲的背影，将也在心中呐喊——

现在！只有趁现在！

“等……一下……”

然而母女俩并没有停下脚步。

“我为五年前的事向你道歉！我……我……非常后悔！”将也终于说了出来。他道歉之际，硝子母女俩既没有停下脚步，也没有回头看。

即便如此，浑身湿透的将也依然目送两个人离开，直到看着她们坐进停在远处的车子里。他感觉好像已经死心，再次回过神来的时候，自己正朝家走去。

不知西宫的母亲有没有感受到自己的歉意。即便不原谅自己也很正常。他边走边想，觉得很空虚。突然听到身后传来脚步声，且越来越近。

“啪！”

一记重重的耳光。

将也吓了一跳，捂着脸颊定睛一看，眼前竟是面无表情地盯着自己的硝子母亲。打完这一巴掌，硝子的母亲一言不发地转身离去。

道歉的回报是挨耳光——但是将也选择接受。自己是那种被打了耳光也无法还击的人。

而且，对将也而言，刚才硝子临走时回头比画的那句手语更让他在意。

“改天见。”

改天见？哪天？噢，周二去桥上就能见到吧？但她母亲会同意吗……

将也一边寻思一边朝家走，心中涌起一个想法——还好今天去找了她……

然而，下一个瞬间，却像是要抹去这个想法似的，冒出一个疑问：好吗……真的好吗？

将也回想刚才在河里和硝子交流的情形。

“这笔记本……有那么重要吗？”

面对将也的提问，硝子点点头。

“因为……虽然放弃过，但你为我找回来了。”说完，硝子把本子当成宝贝似的抱在胸前。

真是个怪人……将也依然无法理解硝子的想法。

回到家，母亲满脸笑容地端出晚饭。

“来，吃吧，今天做了很多哦！”

将也吃饭的时候，见母亲乐呵呵地看着自己。

“干吗盯着我笑？”将也忍不住问道。

母亲拿出写有“还你钱”的信封：“辛苦你了，妈妈很开心你有这份孝心。”

那是将也今早放在母亲枕边的一百七十万日元。

如果自己死了，就看不到母亲这样的笑容了……

“虽然放弃过……”

硝子的话划过将也的脑海。虽然放弃过，但也许还可以重新来过。

硝子以手语说完“改天见”回了家。

改天……要不要再去见西宫？将也的心情犹豫着。

6. 朋友的定义

第二天，将也和往常一样去学校。与往常不同的是，他今天借用了母亲的自行车。为了还给母亲一百七十万日元，将也把自己的自行车、被子、衣服、参考书、电脑、手机……都卖掉了。

“好嘞，吃饭了！”

“美衣子，一起去吧？”

午休时间，同学们相邀着一同去吃午饭。

将也独自来到教室外面，在没有其他人的教学楼后方，一个人吃盒饭。这也和往常一样。不过今天，将也看到不远处还有一个男生也是独个儿闷头吃盒饭。

那家伙也是一个人啊……

将也心里稍稍起了同情心。想起来了……是坐在自己后排的家伙。

名字好像叫……永束？

永束个头不高，头发是自然卷，体形微胖。说白了，一点儿都不帅，也不容易给人留下印象。此刻的永束正一只手拿着大饭团，心无旁骛地大口吃着炸虾。

看到永束那副模样，将也突然站起身。走吧！我和那家伙不一样，不能让别人以为我和那家伙是朋友……

同样是落单，将也却不愿意别人把自己和永束相提并论，因为自己并不想要朋友，不是被动落单……

朋友……这个词让将也想起自己昨天对西宫说过，想成为朋友。

所以，我和西宫算是朋友了吗？手语训练课是在每周二……我可以去见她吗？“改天见”也许只是客套话？……在将也心中，否定的想法一个个接踵而至。

我能去做什么？学习手语？将也想到自己和西宫一起比画手语的模样……嗯？总感觉奇怪。

要不偶尔去一下？也许又要被西宫的母亲打耳光。

不行。

如果去，一定要有真挚且纯洁的理由。

要不带个水果篮去，理由是“为了表达歉意”？估计又会被西宫的母亲打耳光后怒骂：“什么东西！”

好没自信啊！

我有资格再去见她吗？嗯！还是会被西宫的母亲打耳光的！

不行。

不会被西宫或她的母亲拒绝、自己能挺起胸膛去见她的理由或话题……不知道啊！

无论是学习还是泡澡的时候，将也都一直在琢磨着这件事。然而还没等他想到满意的答案，日子已经到了周二。

将也在学校的自行车停放处一边停车一边在心里继续犹豫着去还是不去。

突然，背后传来一个声音：“诶，自行车借给我用一下。”

将也吃惊地回头看去，才发现那声音不是对自己而是对别的男生的。确认不是对自己说话后，感到安心的将也远远地看着那两个人。

“啊？干吗要借车？”

“我出去买午饭。”

“你干吗不骑自己的车？”

“自己没有才问你借呀。”

仔细一看，被借车的人是永束。

“说好了，只借给你午休时间用哦！”

染了头发、一副不良少年模样的男生正欲抢夺永束的自行车。

“啊？别碰我的车！喂！”永束突然语气强硬，牢牢地抓住自己的自行车，随后开始大声呼喊，“救命！来人啊——”

两个人用力抢车，自行车被拉扯得“嘎吱”作响。

借给他不就好了？将也不明白永束为何不肯借车。正旁观两个人争执的时候，他与边哭边叫的永束视线交会了。

惨了，被他看到了！

“来人啊——”

将也很是犹豫。

如果不做出任何改变……突然，他想到了西宫的脸。如果不做出任何改变，自己就没有资格去见西宫。

将也脱口而出：“那个，要不我的借给你吧？”

“真的？天啊！”染发男生一把夺过将也的自行车，自顾自地飞驰而去。

永束蹲下身子。

“是你自己要借给他的，不关我的事哦。”

将也吃惊地低头看着永束。明明帮了你，你居然这么无礼！心理太扭曲了吧？偏偏被这个不想让别人误会自己是他朋友的家伙恩将仇报。将也丢下依然蹲着的永束转身离开。

放学后，将也来到自行车停放处，发现自己的自行车并没有被还回来。

难怪没有人来还车钥匙，居然被耍了！那可是母亲的自行车！可恶！之前应该记住那家伙的长相！

将也怒从心头起，同时感觉到某种命运般的捉弄。今天，偏偏是今天……果然不该去见她……是吗？

将也忍不住觉得，所有的事情都在暗示自己：该不该去见西宫？

“请收下，是打折券！请一定光临哦！”

将也垂头丧气地从学校往家走，街头一位发放小广告的小哥给将也递上打折券。

“新上市的面包，看一下呗！”

将也的脑海里浮现那天在桥上，看到鲤鱼张嘴抢食碎面包的模样。

噢，没错……我偏偏在今天弄丢自行车，上天就是为了让我遇到这个！

将也鼓起勇气，来到硝子所在的手语教室。但到了进门前要敲门的时候，手又发抖了。

“笃笃笃——”门开了，从里面走出来的是一位小个子少年。

“请问……西宫在吗？”

少年抬头看着一脸尴尬笑容的将也。

“我……我是西宫的朋……朋友，我叫石田。啊，我要找的西宫不是和她同姓的西宫妈妈哦，说来，她妈妈不在吗？”

明明自己还一句话都没说。少年不可思议地看着自顾自抱着一条大法棍面包喋喋不休的将也。

“啊，这个面包……好像叫法棍……我想送给西宫。难得碰巧买到这么好的面包，我觉得可以拿去投喂鲤鱼，就想把这个送给负责喂鱼的西宫……”

将也努力解释，生怕被当成坏人。

“她不在。”少年回答得直截了当。然而将也明明在少年身后的教室里看到了硝子。

以为自己听错了的将也再问一遍：“嗯？不在吗？这条法棍……”

“她不在。”少年又说了一遍。

明明硝子就在教室里，将也不明白为什么。

“她在吧。”将也的视线投向硝子。

少年也看了看硝子。

“请问，你真的是她朋友吗？”

将也一时语塞。这也是他一直没能确定的疑问，因此没有自信坚称是朋友。

“啊……点头之交……聊过天的……说起来，你为什么……”将也边说边觉得奇怪，自己为何要向这位素昧平生的少年征求去见西宫的许可？为什么这位少年不让自己去见西宫？

“她不在。”少年把同样的话又说了一遍，然后干脆利落地关了门，只剩下将也紧握法棍，呆站在门口。

无可奈何的将也一边扭着法棍一边往家走。

“你真的是她朋友吗？”

刚才，少年的那个问题让将也感到郁闷、憋屈。

怎样算是朋友？一个人是从什么时候起把另一个人当作朋友的？两个人单独聊天的时候？互相交换联系方式的时候？合影的时候？

将也想起班上看起来玩得很开心的那群同学。他们知道吗？到底怎样算是朋友？

“呀！你回来了？石田！”

刚回到家，就发现有人在等着自己。

“还好之前留了你的地址。你这辆自行车明天还要骑吧？”

“哪……在哪里……找到的？”

“噢！被扔在田里了！我找了很久呢！”

此刻，在将也的心里，这个人脸上的大叉不见了。

“太好了！还好找回来了！”

将也可以清楚地看见永束满脸的微笑。

“你为什么……”

“因为你今天帮了我呀！对了，你为什么手里拿着面包？”

“我买的，很好吃。要不要一起吃？”

这么多年来，将也第一次与家人以外的人共同分享了食物。

那天，将也终究没能和硝子说上话，却和坐在后排的他变得话多起来。他的名字叫永束友宏，那天帮将也找回了被借走不还的自行车。

那时的将也想过：也许这就是友情的萌芽……

那天夜里，将也想了很多，比如曾经的那些朋友，比如朋友的定义。我和永束，算是朋友了吗？

“对了，既然我们已经是朋友了，放学后一起去玩吧！”

永束不在乎将也是否仍有疑问，很随意地向坐在前排的将也搭讪。

“快点儿！石田，电影快开场了。”

这家伙已经觉得我们是朋友了……将也瞥了一眼坐在身旁边看电影边流泪的永束。行吧……

看完电影，两个人走进快餐店，点了薯条和汉堡。

“诶！刚才那部电影真好看，对吧？石田！我也想拍电影了。”

“哦……那就拍呗。”

将也傻乎乎地回应，同时回忆起一种久违的感觉，有点儿开心。

“啊？如果你支持，我真的会拍哦！”

将也自然地笑起来。这种感觉真的久违了……上一次是在什么时候？

啊，对了，自己和阿岛以及广濑也曾是如此边说边笑……直到西宫来了之后……

将也的脑海中掠过硝子的事，脸上顿时没了笑意。

“怎么了，石田？”坐在对面的永束担心地问道。

“没事……”

虽然嘴上说着“没事”，但将也还是决定豁出去，向永束求教。

“那个……永束，你知道什么是朋友的定义吗？”

永束把薯条蘸上番茄酱，像叼香烟那样咬着，以一副和他那张脸完全不般配的大人腔调反问：“这是一定要下定义的吗？”

拼命找寻“定义”的将也对永束的这个回答感到非常意外，一下子呆住了。

“原来如此……”

虽然表示认同，但将也的疑问并未完全消除。

“不……不是啊，但……有时候，要成为朋友是需要资格的吧？比如一个坏孩子整天捉弄或者伤害另一个孩子……发生了很多事之后，那个坏孩子得到了被伤害的孩子的原谅，但那个被伤害过的孩子的母亲依然不肯原谅。那个坏孩子自己也不确定是否有资格和那个被他伤害过的孩子成为朋友。”将也一边说一边想着硝子。

“心里想什么，直接告诉对方就行了。这样自然会有答案。”

将也再次呆呆地看着说出这番话的永束。

“不过，石田，对我而言，所谓友情，是超越一个词或一番道理的东西。”

将也觉得眼前的永束特别像个大人。

又到了周二。

将也站在手语教室前，紧张地敲了敲门。开门的还是上周那个少年。

“她不在。”

看到将也的脸，还没等将也开腔，少年抢先甩出这句话。将也朝教室里看去，硝子确实在里面。

“她明明在吧。”

“不在。”

即使将也已经看到了硝子，少年依旧面不改色地说出“不在”。

“上次我们说起，我和西宫是否真的是朋友。说实话，我自己也不确定……但包括这个问题在内，我想告诉她我的真实想法。”

照永束建议的那样，将也对少年直话直说。然而少年的回复让将也的疑问加重了。

“如果你是为了自我满足才来，请回去。”

啊？想告诉她我的真实想法……怎么就成了自我满足？因为这样做只是为了解开自己的疑问？对西宫而言是一种困扰吗？也许吧……将也不知该如何应对。

少年对将也说了句“再见”，正准备关门，突然感觉身体悬浮到了半空中。

“啊？”

定睛看去，一个头发自然卷、胖嘟嘟的男生正抓着自己连帽衫的两侧揪了起来。

“小子！我朋友说要见西宫！你叽叽歪歪说这么多干吗？”

“永……永束？你怎么在这里？”将也满脸诧异。

“我追来帮你呀！做朋友的不就是应该这样嘛。”永束说完，松开抓住少年的手。

少年一屁股坐在地上。

“哼！什么狐朋狗友！大便脑袋！一群浑蛋！”少年拼尽全力地口出恶言。

永束也不甘示弱。

“有种你再说一次！小子！”

“我会怕你？大便脑袋！”

教室里的人开始注意到走廊上的吵闹声。

根本不想在这里惹事，不想引人注意！永束你这个白痴！将也尽力阻拦永束。

“算了，永束……走吧……你的声音太响了……”

然而教室里的阿姨们都出来了。

“咦，你不是上次来过的那个男孩吗？”

“西宫的那谁？”

“呀……今天这是怎么了？”

“不……不是的！”

将也害羞得拔腿就逃。

“辜负我特地过来……”永束盯着明明有自己前来助阵却还是没等达到目的就撤退的将也，满脸遗憾。

另一边，又一次阻止将也见到硝子的少年一脸得意。不过站在他边上的，是始终望着将也背影的硝子。

又没见到……真的受够了……我……永束也真是的，这么喜欢管闲事？

“哎……”将也独自来到曾经和硝子一起喂鱼的桥上，想到刚才的闹剧，沉重地叹了口气。

就在这时——感觉身后有人拉住了自己的左手。

回头一看，居然是跑得上气不接下气的硝子。

“西宫……”

看样子是一路狂奔而来，硝子的额头全是汗。

还没完全作好准备见到硝子的将也脸颊稍稍发红，没头没脑地蹦出一句：“嘿……好久不见……”

“可恶！居然被他见着了！”少年在手语教室的阳台上看着相机镜头说道。通过这台单反相机的变焦镜头，可以清楚地看到硝子和将也。

“嘿，好样的，石田！”

少年的边上，同样看到了那两个人的永束安心地说道。

“嗯……石田的手在比画什么？什么意思？”

永束看不懂将也的动作。

“那是手语。”少年继续盯着相机镜头，冷冷地说。

“好厉害！他居然有这本事！”

永束有些兴奋地说完，立刻产生了一个新的疑问。

“嗯？……所以说……那个女孩……”

“耳朵听不见。”

听了少年的回答，永束想起将也在快餐店说过的话。

“石田当时说的就是这个女孩吧？”

将也捉弄的对象是西宫？

少年一直盯着相机。

“诶，说你呢！”

“烦死了，干什么？”

“你在偷看人家说话吧？太过分了吧！他们在说什么？也告诉我呀！”

“哼。”

少年虽然嫌弃永束，但还是开始“翻译”起那两个人手语的意思。

硝子竖起食指，正在表达着什么。

“刚才那个大便脑袋是谁？不会吧，真的是你朋友吗？难以置信。”

将也摊开双手。

“我不认识那家伙，从没见过那么大的大便脑袋。”

永束立刻识破，少年是在胡乱翻译。

“说人话！小子！”

永束恶狠狠地靠向少年。少年无奈，重新看向相机镜头，翻译出将也对硝子说的话：“其实……我本想更堂堂正正地来见你，但我甚至不知道该不该来见你，因为常常会想起以前的事，觉得自己没有资格。我也不知道我们算不算朋友。这两周以来，我动不动就失落、气馁。”

“原来石田一直在想那些事啊……”永束的脑海里浮现将也曾问“朋友的定义”。

“我很开心。”少年翻译了硝子的手语，吃惊地说道，“啊？开心？”

少年不敢相信自己的眼睛，觉得一定是看错了，于是瞪大眼睛仔细盯着相机镜头。

“其实……我也在想同样的问题……你一定觉得很奇怪吧？”

在不知对方心意的情况下差点儿错过彼此，但其实心中的想法是一致的——得知真相的将也和硝子看着彼此，都安心地笑了。硝子取出用来投喂鲤鱼的白面包，将也也拿出了法棍面包。

看着两个人并排站在一起喂鱼的模样，少年小声嘀咕道：“何必呢……明明不必找那种家伙也可以很幸福。我姐姐……真是傻瓜。”

不过，少年的这句话并没有被任何人听到。

翌日，将也的母亲一边做早饭一边意味深长地问儿子：“诶，你最近是不是有什么好事啊？”

将也立刻有些惊慌，但仍佯装平静地回答：“啊？没有啊。什么事都没有！”

“骗人！最近你整天都是笑嘻嘻的。”母亲继续调侃将也。

将也故作强硬地表示：“是你想太多了！快点儿给我早饭！”

“好，来了，让你久等了。对了，小将啊……”母亲一边端上煎蛋卷一边问，“你之前为什么想寻死？”

母亲怎么知道？将也一时语塞。居然被发现了？

“那个……其实……”将也开始语无伦次，竭力想搜罗到合适的措辞来解释，“因为发生了很多事……对……对不起。”

其实到刚才为止，母亲并不能确定将也曾经想寻死，但如今看着眼前拼命设法解释的将也，反而确认了事实。

“果然！果然如此！”母亲一下子来气了。

将也自知中了套路，后悔把母亲的疑问坐实。

“我就觉得你之前不对劲！房间那么干净，手机打不通，还有这暗藏玄机的日历！”

母亲拿出被将也撕掉了四月十六日以后的部分、又被自己用胶带重新粘起来的那本日历，还拿出将也之前放在她枕边、装有一百七十万日元现金的信封，一只手掏出打火机，打着了火。

“你要是不清楚地说出你放弃自杀，我现在就把这些钱都烧了！你辛苦攒下的这一百七十万！”母亲摆出下一秒就会点燃钞票的架势威胁将也。

“啊呀……你干吗要做这样的傻事……”将也被母亲摆出的架势吓到，真的担心母亲会付诸行动。

“做傻事的人是你！你这个不孝子！”一手举着信封、一手拿着打火机的母亲双手都在颤抖。

“对不起，真的对不起。那件事，我已经反省过了。”将也示弱地道歉。

母亲却打断他：“闭嘴！再一次攒够一百七十万之前不会让你死！”

“啊？什么意思……”

“你每攒够一百七十万，我就烧掉一次！你一直攒，我就一直烧！你听好了！那样的人生会很艰苦！你不说清楚，我就一直烧！”

“对不起……我不敢了……再也不了……”

“不什么？给我说清楚！！”母亲一边流泪一边要求将也发誓不再寻死。

将也从没见过这样的母亲，知道如果自己不好好发誓，母亲真的会烧掉那些钱。

“不去寻死！不去寻死！”

看到母亲真的动怒了，将也跪地发誓。他对于自己把母亲逼到这等地步，对于自己的所作所为，打从心底里感到后悔。

看到将也真心悔过，母亲终于放下心来，身子一下子瘫软了。

“绝不食言……你保证！”

就在这一瞬间，打火机的火苗点着了信封。

“呀！好烫……啊——”

“啊——”

“啊——啊——啊——啊——”

盘子上只剩下烧成灰烬的一百七十万日元。

“哎呀……对不起……真的……不过，也别太难过了。”母亲边说边把烫伤的手埋在冰块里，“那是你为了寻死才给我的钱，我本来就不想用。”

母亲的表情让将也相信，她真的不可惜那失去的一百七十万。

“我会好好赚钱的……这次会好好的……”

听了将也的回答，母亲恢复了常态。

“谢谢你，赚钱这种事不着急。快去上学吧。”微笑着送将也出门。

将也一边骑车去学校，一边下定决心：“重新把钱赚回来！”这一次是为了活下去而赚钱。

7. 硝子的男朋友?

信号灯转绿时，骑上自行车的将也突然看到在手语教室里见过的那位少年——那位想尽办法阻止自己和硝子见面的少年。

少年正在桥上一边拉起渔网一边拍照，好像是在拍死鱼。干吗拍那种照片？好恶心。而且，那少年不用去上学吗？看个头好像是小……是中学生吧……

将也盯着少年看了好一会儿。少年也注意到了将也，立刻冲过来一脚踢翻了将也的自行车。

连人带车倒下的将也抬起头，看着一脸胜利者表情的少年。

“你不知道吧？谁和硝子说话，谁就会被我踢。”

“什么？！”

“说上一秒钟就踢一次！所以……我要踢你一亿次！”少年边说边踢将也。

“好疼……你和我有仇吗？”

将也觉得莫名其妙，大声质问。

少年钻到将也腋下，一边挠着自己的头一边说：“来，闻闻我的头发！”

“啊？啊？”

将也不明所以，但还是闻了闻，有一股淡淡的洗发水香味。

“怎么样？很香吧！硝子和我的是一样的味道！”

“真的？那又怎样？”

将也一边扶起自行车一边说。

“你真迟钝！还不懂吗？昨天我俩一起泡了澡！我俩在交往。你不要没事就去找她，好吗？”

“哐当——”

将也的手放开了自行车，自行车再次倒在地上。将也的大脑瞬间停止了思考。

“糟了。”回过神来的将也一边扶起自行车一边回应，“哦，是嘛，挺意外的，她居然喜欢比自己年纪小的。哎呀，惨了，真倒霉。”将也看着自行车，好像怕被误会似的，特地申明：“哦，我说的是自行车。”

“你这样不会迟到吗？”

经少年这么一提醒，将也突然想起要去上学。

“对不住了，之前对你的女朋友说了那么多话。”

将也拍拍少年的肩膀。

“我也有做得不对的地方，现在你明白了就好。”少年回答道。

“傻瓜。”看着将也离去的背影，少年嘟哝道。然而将也并没有听到这句话。

虽然以前从没想过，但现在想想其实挺正常……嗯，挺好的，她应该过得挺幸福。得知了这一点，我也觉得很幸福。挺好的，挺好的，挺好的……

将也像是在说服自己似的重复着：挺好的……

来到学校，坐在前排的同学拿出手机给将也看。

“哎呀，石田，快看这条视频，真的很好笑。你是怎么回事？”

居然有人比我更大胆？

公共场合做出令人费解的行为并引以为豪

虽然在眼睛部位打了马赛克，但明显能看出是将也跳河时的视频——是那天自己为了救硝子而跳下河的画面。但，怎么会……

将也一头雾水。

“这……确实是我……但我没上传过，也不记得被拍过这种视频……”

将也一边解释一边拼命在脑海里整理思绪。自己在心里给他们脸上打了叉的同班同学逐一在他的脑海里冒了出来。

这时，一位女老师走进来。将也不知道这位老师叫什么，但她脸上的确有大叉。

“石田，来一下办公室。”

不久，教室里贴出了一张告示。

高三B班的石田将也作为我校学生，在公共场合做出令人费解的行为。特此作出对其停课一周的处分。

校长

这天夜里。

硝子泡在浴缸里之后，结弦也进了浴室。

“昨天我偶然遇到石田，看见他带着女朋友……”

硝子手里原本正在玩的小鱼玩具“噗”地掉进洗澡

水里。

作战成功！今天早上也对将也说了自己是硝子的男朋友。这么一来，他们不会再接近彼此了。

结弦得意地盯着硝子。

洗好澡，结弦发现母亲正在看将也跳河的视频。

“结弦，你给小硝看看这个，告诉她不要和这种男生做朋友了。”

硝子也走了过来，愣愣地看着视频。

结弦又跑去公园拍摄动物尸体的照片，一边拍一边想起硝子在浴室里说过的话：“他幸福就好。”

这是结弦告诉硝子将也有女朋友之后，硝子作出的反应。

不行。石田……怎么可以幸福？可恶！

将也为了来见硝子，学会了手语。

但那又怎样？难道这样就算改邪归正？

硝子转入将也所在的小学之前，也曾被人欺负。结弦一直看在眼里。

石田和其他人没有两样。

结弦回忆起每一个欺负过硝子的人的脸，想起自己曾对那些人扔石头。

结弦也曾劝过硝子要学会生气。硝子却说："生气这种事，太难了。"

会生气很重要！姐姐即使被人扔了石头也依然以笑容待人。但被人扔石头怎么可能是高兴的事？所以，姐姐的真实想法到底是什么？

看到姐姐的那种表情，结弦只会变得不安。因为从没见过姐姐生气，一次都没有，所以才想代替姐姐生气。伤害姐姐的人绝不可饶恕！

结弦曾因对嘲笑姐姐的男生扔石头，导致双方互扔。但不知什么时候，硝子跑到了结弦面前挡着，哪怕被石头砸中也一动不动。

姐姐也许是不懂得如何生气。

过了一阵子，姐姐浑身是伤地回到家，说是和学校里的男生打了一架。对方的名字叫石田将也。那时候，姐姐生气了吗？没有……好像还笑了。姐姐从不生气。今后肯定也不会生气。

结弦从公园回到家时，硝子正等在玄关处。

"咦，你还没睡？"

话音未落，硝子已经朝结弦冲了过来，指着从结弦的相机和平板电脑里上传到互联网的将也跳河视频，责问是不是结弦搞了鬼。

“没错，因为我讨厌他。”

结弦不以为然地承认。

硝子听罢，把结弦推至背靠墙壁，并一步步逼近。

结弦看到硝子的表情，不禁吓了一大跳：咦……为什么？什么时候？在哪里学会的？这张脸……

结弦第一次见硝子生气。

太吃惊了，一直笑呵呵的姐姐居然会生气了。为什么？莫非和石田有关？真来气。

看着一脸正义的结弦，硝子飞快地以手语表述。

“烦死了！”

听结弦如此回答，硝子的手语比画得更有气势了。

“不要，我才不要向他道歉！”

硝子的手语没有停下。

“如果要一起去道歉，还不如我一个人去！”

说出这句话的结弦丝毫没有悔过之意。硝子像在挥动铁拳似的，继续比画手语，结束后甚至直喘气。

“有必要吗……我……都是为了姐姐你……”结弦说到这里忍不住大哭起来，边哭边跑出了家门，连鞋子都没穿。

一夜过去，天亮了，将也正在自己的房间里写检讨书，姐姐突然叫他帮忙去幼儿园接孩子。

到了幼儿园，姐姐的女儿玛丽亚看到将也，立刻飞奔过来紧紧抱住他。

“将大！”

玛丽亚吵着要去公园，虽然将也正在接受停课处分，原则上不能外出，但还是带着玛丽亚去了公园。

将也看着玛丽亚玩耍时，被玛丽亚叫了过去。

“将大，快过来看，这里有个奇怪的东西。”

被玛丽亚拉着来到游乐设施边上，将也朝里一看，看到了一双脚。

“喂……你还好吧……”

将也赶紧呼叫。看到那双脚的主人有所反应，才稍稍放心了。还活着……但这个人居然是将也认识的人：西宫的男朋友——结弦。

“你……好像每天都不用去学校，没事吧？”

“你才是呢，没事吧？”

“哦……我啊，被停课处分了……你看过那个视频？”

“又不是你上传的，居然停课处分你？”

“不是……我跳到河里这件事本身违反了校规。”

说到这里，将也突然心生疑窦：“你怎么知道那个视频不是我上传的？”

“因为上传的人是我。”

将也惊得一个挺身坐起，脑袋撞到了游乐设施的顶部。结弦摆出准备干架的姿势，端看将也下一步如何反应。

“是……是嘛……啊，太好了，是你……”

“什么意思？”

结弦没想到将也会说出这种话，进一步作好准备。

“现在总算大致了解为什么有人这样做。”

“你不生气？”

“怎么会生气？本来就是我不好。”

在结弦眼中，将也与硝子的模样重叠在了一起。

“硝子也是因为觉得自己不好，所以不生气？”结弦自言自语地嘟哝着。将也一声不吭。对这一切一无所知的玛丽亚天真地走到两个人面前。

“将大，我饿了。”

“啊，你居然有孩子了？”

“诶……是我姐姐的小孩！那……那我走了。你也别让家里人太担心，赶紧回家吧。”

将也说完，刚转身打算离开，突然听到“当——”的一声，回头一看，结弦已经倒在地上。将也赶紧跑向结弦，抱起来。

“喂！你没事吧？多久没回家了？”

“我经常离家出走，家里人常担心。”

看着结弦虚弱无力的模样，将也干脆把这家伙背回了自己家。

当晚，结弦在将也家里吃了晚饭，泡了澡，穿了将也的衣服，在将也的房间里睡了觉。

这天夜里，下起了大雨，有人敲打着石田理发店的店门，手里攥着三把雨伞。

“硝子来过这里吗？”

“没有……怎么了？”将也的母亲问道。

硝子的母亲支支吾吾：“我女儿不见了。”

将也一听，为了出门找硝子立刻穿上运动鞋，系上鞋带。这时结弦也醒了，过来问怎么回事。

“石田……这么晚了，出门干吗？”

“西宫不见了。”

莫非硝子是为了找我，这么晚还没回家……到底不见多久了？！

结弦这才意识到自己的行为对硝子造成了极大影响，一时坐立不安。

“石田，那双鞋能借给我吗？我也……”

“好，我们一起去找她！”

屋外下着倾盆大雨。

“西宫！西宫！”

无论自己喊得有多大声，硝子都不可能听到，但将也仍声嘶力竭地呼喊着。

“这边好像没有。我们去水门公园找找吧！”坐在将也自行车后座的结弦提议。

“你有头绪？”将也一边骑车一边问。

“那是我经常去的地方！我觉得硝子是担心离家出走的我，才出门寻找的……”结弦对着将也的后背回答道，脸上的雨水和泪水已经混合在一起。

到达公园，将也又大声呼喊硝子的名字。突然，附近的一家住户“啪”地打开窗户抱怨道：“哪里来的臭小子？吵死了！”

“石田，算了，接下去我自己找。”结弦认为硝子是因为自己才不见的，如果再让将也找下去，她就会过意不去。

然而将也断然拒绝："不。"

"为什么？"

"你也知道吧？对以前的西宫……我有多可恶。"

"啊，我都知道，比谁都清楚。"结弦看在眼里，也和硝子比谁都亲近……

"那家伙上次说过……曾经放弃过。"

"我知道。"

"虽然她没说到底放弃过什么，但确实说过。"将也攥紧拳头，"都怪我，她才放弃过。所以……"

"我知道。"话说到这个程度，结弦的情绪像离弦之箭爆发，干脆一吐为快，"所以你把罪恶感变成原动力，努力到今天？还有什么？义务感？不会是所谓使命感吧？恶心！"

面对不再掩饰的结弦，将也感到心里好像有什么东西炸裂开来似的，反击道："是啊，不行吗？我再次见到西宫之后，所有一切都带给我强烈的冲击，所以不再做人生的逃兵！也许听起来像个傻瓜……但只要我的肉体尚且存在，我就要为西宫而耗尽它！包括我的性命！"

结弦被将也的气势震慑，怔怔地看着将也。

“你……当真？”

“什么真不真？”

结弦从将也的语气和表情中感觉到百分百的真挚。

“吵死了！”

从刚才那户人家的窗户里又传出抱怨声。

“我们去下一个地方找吧？”

雨还在下，两个人都没打伞，四处搜寻着。结弦以前把将也视为傻瓜——明知硝子听不见却一直呼喊硝子——这会儿也大声呼唤着硝子的名字。

突然，从远处的桥那边传来“砰——砰——”声，打破了雨点的节奏。

结弦听出那是从桥上发出的声音，硝子就在那里。

率先找到硝子的结弦一个箭步冲上去，扑进了硝子的怀里。

将也联系母亲，告知找到了硝子。很快，两位母亲一道来接他们。随着事件平息，雨势也渐渐变弱，转为淅沥小雨。

硝子被母亲训斥的时候，结弦和躲在树丛后面窥视的将也视线交会了。

“回头见。”

结弦以手语告诉将也。

“回头见？这样好吗？是希望我再去见她？”

曾经强烈反对自己去见硝子的结弦打出这句手语，令将也吃惊不已，他以手语作答。

随后结弦仍以手语回复他：“如果不向你道歉，硝子会生气。”

将也的母亲坐在驾驶座上看到了，问儿子：“什么时候学会了这个？”

“诶……嗯……”将也觉得害羞，含糊地应了一声。这时硝子的母亲来到将也身边，冷冷地盯着他。

“我告诉你，无论你如何改过自新，硝子本该幸福的小学时代都不会重来了。”

“是！”

将也承认得非常干脆，紧握住硝子的母亲刚刚送来的雨伞。

“石田！我来给你送作业了。”

翌日，永束上门找被罚停课的将也，后来居然进了将也家的厨房，和将也的母亲一同做饭。

母亲叫将也去院子里拔几棵葱来。突然，将也听到永束大叫："啊，石田！快看！快看！"

只见穿了围裙的永束正拎着结弦的衣领。

"这家伙像野猫一样在你家附近转悠了好久！我帮你抓住了！快看！"

"我来拿住在这里时落下的衣服和相机。"被永束揪住的结弦有气无力地抗议道。

"住在这里？什么意思？哎！你和将也是朋友？和他的关系比我还好？……"

晚饭准备好了，大家围着餐桌，永束催结弦道歉。

"快道歉。"

永束按着结弦的脑袋，强迫结弦低头。

"这次真的非常对不起。"

结弦真诚地道歉。

"你不跟家里打招呼没问题？你母亲真的不担心？"看着大口吃饭的结弦，将也反而担心起来。无奈之下，结弦只好打电话给母亲。

"喂？妈妈，我在石田……家吃饭，晚点儿回去。还有，那个视频……都是我的恶作剧……"

听筒里传出结弦母亲的叫喊声，所有人都听到了。

虽然没听清楚她具体说了什么，但语气非常激动。

“我就知道！”结弦受不了，挂上电话苦笑着说，“我妈妈有点儿激动。事到如今才明白一切，真是个傻妈妈。”

永束见状，又开始教育结弦：“喂！小子！这件事可不是笑嘻嘻就能过去的！你给我从头到尾讲清楚！”

结果永束带着结弦和将也一起去了公共澡堂。

“老子想和你袒裎相见！”

永束把结弦带进男更衣室。看着一群大男人在自己面前宽衣解带，结弦紧张地大叫。

“呀——呀——”

疯了似的逃出澡堂，一口气跑到没人的马路上，结弦刚喘上一口气，突然看到迎面走来一道人影。

是替自己来归还将也衣服的硝子！

结弦松了一口气。这时，永束和将也都追过来了。

“干吗逃跑？”

“你把包都忘了！”将也把包还给结弦的时候，视线和硝子交会了。

“啊……西宫……同学，你好……”

是啊，结弦是西宫的男朋友，自己不能逾矩。

见将也生分地跟自己打招呼，硝子一边比画手语一边深深地鞠躬。

“不用，你不用道歉，不是你的错……”

将也看着硝子继续比画手语，差点儿不敢相信自己的眼睛——硝子的右手按住结弦的头，左手手背对着将也竖起小指，然后微微弯曲。

“是真的，我叫西宫结弦。”

“啊……哇！”

将也不由得捂住了脸，再次为自己此前对待结弦的态度感到羞愧。

见将也这副模样，永束着急地问道：“什么意思？给我解释一下呀！”

“意思是‘见到大便头，真的太倒霉了’。”

永束一把抓住乱开玩笑的结弦的前胸衣襟逼问：“快说实话！小子！”

“永束！”将也赶紧阻拦，“不是什么小子……是西宫的妹妹……”

永束愣在原地，然后松开了抓住结弦前胸的手。

“呃……我知道啊。虽然知道，但故意没说，为了让你展示独立。”永束虽然害羞，却故作镇定，开始说些莫名其妙的话。

对方是男孩，是硝子的男朋友——曾对此深信不疑的将也认真想了想，觉得结弦一定是从很久以前就守护着西宫，打扮成男孩的模样也是为了西宫。这么看来，她一定是个好人。

硝子把装有衣服的纸袋还给将也，再一次深深地鞠躬，之后便和结弦一起回家。

临走时，这回是将也转动手腕，伸出食指和中指，以手语说：“回头见。”

硝子见状，回以同样的“回头见”。那笑脸令将也怦然心动。原来西宫是这样笑的，第一次见到……

将也刚想笑，却突然想起小学时代的自己，于是立刻收起笑意。我有什么资格笑？怎么能笑？

我讨厌自己。即使过去犯下的错误被原谅，对自己而言算是一个好结果，但这样就行了？怎么可能！

不能忘记……无论是本该微笑的时光还是令人厌恶的回忆。但是，看着她的笑脸，也许某一天就会忘记吧？

还有结弦，看到硝子的笑脸也感到吃惊，回想起以前为硝子而战的所有往事。这时，硝子注意到结弦的脚，她也吃了一惊——结弦脚上穿的是将也的运动鞋。

“石田说这双鞋他不穿了！现在还回去，我岂不是得光脚？”

硝子从结弦脚上强行脱下运动鞋，让她换上自己的平底鞋，自己则只穿着袜子，手里抱着将也的运动鞋，转身追了过去。

“傻瓜。”

连鞋都不穿，只穿着袜子也要把运动鞋还给将也。这样的硝子让结弦感到讶异，又觉得……

（石田将也，我讨厌这家伙，估计以后也会一直讨厌，但肯定是和迄今为止的“讨厌”不一样的讨厌。）

结弦深吸一口气，放声大喊：“小硝(将)！”

将也吃了一惊，回头看去。

“啊……”

硝子已经跑到了将也身后，两个人在极近距离内四目相对。

8. 想找回

又到周二。

为了归还硝子的母亲那天借给自己的雨伞，将也来到了硝子每周喂鱼的桥上。他把雨伞递给硝子，一起跟来的永束在他耳边嘟哝："也将[①]！不问一下联系方式？"

母亲给将也买了新手机。目前通讯录里只有母亲和姐姐，还有自说自话输进号码的永束，仅此三人。

确实……

将也感谢永束提醒，想要硝子的联系方式。

不过，真到了要问的时候，他却不知该如何开口。怎么问才显得不那么怪？

"对了，西宫，你平时会和朋友或者现在的同学发消息吗？……是嘛……真好。有没有想发消息联络的小学同学？"

---

① 把将也的名字倒过来念，是永束对将也的昵称。

比如我……将也内心期待着硝子主动开口，提议交换联系方式。

硝子想了一下，点点头。

“真的？想要谁的……联系方式？”

“我的……”

成功了！很自然！可以非常自然地交换联系方式了！将也在心中摆出胜利的手势。

硝子用右手比画着想联系的朋友名字。先握紧拳头，然后向前比画出剪刀，接着将食指和中指交叉——是“佐原”。

“你想联系佐原？”将也的期待变成一场空欢喜。

佐原美代子，那个不起眼的女生，因主动和西宫交朋友而被其他女生欺负，之后再没去学校。

“你一直惦念着佐原？”

面对将也的提问，硝子回答道：“都怪我，害她受伤。”

将也自惭形秽。那时候的西宫很清楚，佐原是因为她才没去学校。

自己连这一点都不了解，甚至没想去了解，还自以为是地认为西宫不懂人情世故。将也真想把小学六年级时的自己揍一顿。

停课处分期终于过去了。时隔一周，将也去了学校。

“嘿，石田，你来了。”(这家伙居然来上学了！)

“真的来了啊！”(还好意思来？恬不知耻。)

将也耳中依旧充斥着与各种声音同在的“真话”。

“大家别闹了，没必要这么夸张。”劝阻大家的人是川井，“石田以前就是这样。”

“哦？你跟他很熟？”

“算是吧，我们从小学起就一直是同学……”

和其他人一样，在将也心里，川井的脸上也有一个大叉。

川井，这个从小学起就和自己是同班同学的女生。将也慢慢向她走去。

“你知道小学同学佐原的联系方式吗？”

“佐原？抱歉，不知道。不过阿直说过好像和她念同一所学校，应该在太阳女子学园读高中。”

“哦，谢谢你，川井同学！”

虽然仅仅知道了佐原就读的学校，却是很大的收获。将也决定，这天放学后立刻去找佐原。

他约了永束。一起在车站买票时突然听到：“嘿！来了！”

是轻轻挥手的结弦和正在把头发夹到耳后、微笑着的硝子。

“是你叫来的？”

“对啊。”

是永束联系了硝子。

“我姐姐正在生气哦，说明明是她的事却不叫上她。你负责带她一起去，石田。”结弦说完直接回家。

“再见，西宫同学。”

永束一脸促狭的笑，说完也走了。

“啊？你不陪我一起去？”

将也顿时慌了。两个人长时间独处，会很容易令人害羞。

将也和硝子分别倚在电车门左右两侧的座位靠背旁，沉默地度过这段时间。将也时不时偷瞄硝子，但视线一旦和她交会便立刻移开。

挠挠头，看看窗外的广告牌，打打哈欠……

虽然早就作好准备，佐原就读的高中离他们很远，但沉默让将也难受，车上的时间仿佛变得更加漫长。不知不觉，将也故意发出好像睡着了的呼呼声，其实是手拉吊环头靠手臂假装睡着，熬过这段时间。

突然，将也胸口兜里的手机响了一下，点开一看，是来自陌生号码的消息。

“累了吗？今天谢谢你。听说你帮我找佐原，我真的非常开心。其实，妹妹今天还说了一些更让我开心的事！她说她离家出走的时候是你帮了她，还说那天你和她一起到处找我。谢谢你！西宫硝子。”

将也看着眼前的硝子。硝子静静地笑看着将也。

到达佐原就读的太阳女子学园所在的车站，正值放学时间，很多人朝车站走来。将也和硝子在人潮中逆行，前往佐原所在的高中。

向学校大门口的一位女生打听了一下，才知道佐原已经回家了。

“回去吧，西宫，她不在。对不起啊。”

将也以手语表示，硝子回答以“谢谢”。

将也觉得硝子是在说客气话，毕竟往返车费要六千日元，却只落得舟车劳顿。自己真没用啊！

回程的电车上，将也和硝子隔着过道面对面坐着。“哐当哐当”，车内只有电车行驶的声音。

还是想说点儿什么……如果就这样回去，今天的回忆将只剩下疲惫。得找些令人高兴的话题……将也拼命开动脑筋。

西宫平时会玩什么？练歌……肯定不去吧？

也不能问她家里的事吧？比如她母亲，比如结弦为什么不去学校。

她现在读的高中怎么样？她说有朋友，也很开心，那种开心是小学时没有的吧？都怪我……

可恶，又开始颓丧了。这种情况下，怎么可能说出开心的话？

将也脑海中一刻不休地翻涌着各种事，回过神来的时候，两个人还是没能说上话。电车已经到站。

“再见。”

将也说完，硝子像往常一样微微鞠躬致意。

啊，都是想问却不能问的事。我每次和西宫见面总会想这些事啊。

晚上，将也一边想着往事，一边在心里暗暗下定决心：明天早上再去找佐原。想着想着便睡着了。

第二天早上，将也坐上前往太阳女子学园的电车。和昨天不一样，今天是满载的。正当将也被人潮挤进挤出之际，他居然和佐原在同一节车厢遇上了。

电车到站后，两个人像被推出车厢似的下了电车，双双摔倒在地。

“其实我是在车站看到你才追过来的。”

佐原边说边站起身，她穿着高跟鞋，站直后居然比将也还高。一头短发，校服裙下露出一双长腿，好像模特儿。

这是……佐原？将也抬头看看和自己并肩站立的佐原。如此开朗、如此主动的佐原已经和小学时代给人的印象截然不同了。

远处有同学呼唤佐原。

“我走了，石田，保重哦！”

“等……等一下！有个人想见你！”将也赶紧拦住正挥手道别的佐原。

这天放学后，将也和佐原如约在车站碰面。

“久等了！走吧，去见西宫。”

两个人并排走着，边走边聊天。自小学以来……不，哪怕是在小学的时候，他们都不曾这么轻松地说过话。今天应该是第一次。

“对了，石田，我以前怎么没发现你和西宫的关系这么好？”

那个事件之后再没回学校的佐原问起自己和硝子的关系，将也有些失措。

“啊，以前是以前。现在……现在也没怎么要好，最近经常见面而已。”

“真好啊。我也想和她成为经常见面的朋友，不，如果那时候就成为经常见面的朋友就好了。”佐原看着远方，若有所思地说道。

将也看着佐原，心想：佐原后来没回学校，不知道我对西宫做的那些缺德事。

佐原只在毕业当天去过学校。那时候西宫已经转校。毕业那天，佐原没有和任何同学说话。读初中的时候，将也只见过佐原一次，是在保健室，当时她正埋头看书。

今天，将也从佐原本人口中第一次听说，那时她看的是一本手语书。

在每周见面的桥上，硝子又在投喂鲤鱼。将也挥手朝硝子走近，他身后站着一个高个儿短发女孩。

“作——远！”硝子大吃一惊，口齿不清地喊出佐原的名字。

“是我，好久不见。”

佐原第一次使用从书上学来的手语。

“我会用手语了。只学了一点儿。原本想请你教我的，小学六年级的时候。对不起啊，中途跑掉了。所以我……想重新来过。”

佐原以生硬的手语表达率真的心意。

在一旁看着的将也想起硝子母亲的话。

“无论你如何改过自新，硝子本该幸福的小学时代都不会重来了。”

如果毕业那天，西宫还留在学校里，佐原也许会和她说话吧？如果读初中的时候西宫也在，佐原每天都会去学校吧？剥夺这一切的人是我。我必须把我从西宫那里夺走的那么多东西都还给她。

看着两个女生的笑容，将也这样想。

自那天起，佐原如她所承诺的，为了弥补与硝子失去的时光，积极地与硝子联络，甚至制订了周末一同出游的计划，还邀请了将也。坐在将也身后的永束看到这条消息也跟着来了。

佐原对硝子说行程已经定好，她俩并排走在前面。将也和永束边走边瞧着前面两个女生的模样。

“我昨天数过了，曲目数量好像是我赢。对了，午饭想吃什么？”

“……”

“我也喜欢！”

从后面看不见硝子的手语，只能听见佐原兴奋的声音。不过两个人看起来都很开心，笑得很欢乐。

“今天能玩到几点？……太早了！你妈妈好像管得很严，是吧？”

“……”

“不是吧？真的吗？我不相信！”

“……”

“那现在你妹妹读书怎么办？啊……”

“……”

“你现在的高中怎么样？……这样啊？”

可恶的佐原，居然把我一直犹豫着要不要问出口的事一股脑轻而易举地都问了！将也被一股难以忍耐又难以形容的感觉挠得痒痒的。

佐原带他们去了练歌房。

“喂，佐原，西宫在这种地方没法开心地玩吧？”将也总觉得耳朵听不见的硝子来练歌房毫无意义。

“不会，是小硝自己说没来过，想来看看。”

如果是硝子自己想来，那就没办法了。将也只能闭嘴，但一想到佐原居然和西宫连这种事都聊过了，他就觉得……

在练歌房的包房里，永束成了麦克风霸主。

佐原邀请硝子：“我们合唱一首吧，难得来一趟。随便什么歌，要不点一首以前学校的合唱曲目？”

听到“合唱曲目”，将也一个激灵，想起了小学时的合唱比赛，脑海里还浮现出自己在那块黑板上写下的“五音不全唱什么歌！”

“佐原……合唱曲目……还是算了吧。”

如果西宫因此而忆起难过的往事……

然而佐原爽快地回应：“嗯？为什么？她不是已经在唱了？”

只见硝子双手紧握麦克风，使劲儿地唱着歌，和小学时相比，五音没有任何进步。

“小硝的唱功还是这么差劲啊。”佐原说着，和硝子合唱起来。硝子唱得越发高兴。

看着硝子的笑容，将也放在膝盖上的双手紧紧地揪住自己的裤子。

佐原！这算什么？这样的感情！

虽然佐原是好人，但他就是来气。

将也这才意识到，对于把自己做不到的事一件件做成功的佐原，他是在嫉妒。

原因就在于自己没出息。

大叫着所谓“要为西宫耗尽我的性命”，却连在电车车厢里逗笑对方都做不到，甚至连一句话都没聊上。在“为了西宫”的名义下，我所能做的都是对西宫而言无关紧要的小事。也许佐原才是对西宫而言有意义的存在。

将也一边听着西宫不着调的歌声，一边觉得自己好像透明人。

和永束及硝子道别后，剩下将也和佐原两个人。

“今天真开心啊，石田，我觉得好像找回了小学时没能在一起的时光。”

图中日文意为：谢谢你，让我们见面。

将也心想：没错！小学时佐原没能和西宫在一起玩，都怪自己。现在，必须把这件事告诉佐原了。

于是将也对佐原坦白了一切：自己做过的坏事、因为自己所以西宫转校的事……佐原一直默默点头。

“我该走了，谢谢你告诉我。”回家前，佐原笑着对将也说。

但在将也看来，佐原还是有些生气。

这天夜里，将也收到佐原发来的消息：“石田，你很好。硝子笑了，所以我也选择笑了。这张照片送给你。”

文字下方是硝子与佐原今天拍摄的笑脸合照。

还配着文字：“谢谢你，让我们见面。”

将也的眼眶里涌上了泪水。

9. 假装是朋友的游戏

一起去练歌房过后的周二，佐原也去桥上投喂鲤鱼。结弦站在边上，跟刚和硝子一起投喂了鲤鱼的佐原闲聊。

佐原和结弦聊得投契，这就给将也和硝子留出了空间。好想说些什么……将也想到这里，便问硝子有没有其他想见的小学同学。

硝子稍作思考，似乎没想到还有谁，于是反问将也有没有想见的老同学。

“我？我才没有想见的老同学呢……因为小学的那帮家伙……”将也一边比画手语一边想到排挤过自己的岛田和广濑，还有班主任老师的脸、被扔进水池的教科书、课桌上的涂鸦……

“别聊我的事了。我没有朋友。”

“真的吗？”硝子搜索着记忆。

将也强调：“真的没有！”

话刚说出口，他突然意识到自己的声音很凶。再看看硝子，也是一脸惊讶、困惑，甚至有些害怕似的低下头。

“啊，不是的，对不起……你别放在心上……”

将也正竭力辩解，后面突然飞来一只运动鞋，直击将也的脑门。

“滚！浑蛋！”发话的是结弦。

“啊，哦，那我回去了。”将也听话地转身离开。

我错了……只是回忆起一些往事罢了，为什么声音变凶恶了……

只要知道“西宫的现在”，我就知足了。谁要管那些老同学？

川井自小学毕业后也一直保持优等生的光彩形象，完全没变化。

植野曾在初中找我说过一次话，之后再也没联系。

岛田和广濑，想都不愿去想。

那些家伙在干吗？老子完全没兴趣知道。

将也边走边回想着那些离自己而去的、小学时代的老同学。

我真是个傻瓜……自己的事都还没了结……但怎样又算了结？和那些家伙重修旧好？饶了我吧，受够了。

但为什么西宫愿意再见我？算了，我和西宫不一样。与过去一刀两断对我而言是一种了结，是救赎。

以后肯定也不会对那些人感兴趣吧？对，不感兴趣。把那些家伙的脸和所有的事全部忘掉。不感兴趣。不感兴趣。

突然，一个长发女高中生与自己擦肩而过，将也吓了一跳。

刚刚走过去的是……植野？

就在刚才，明明说了要全忘掉！不感兴趣，不感兴趣，不感兴趣。不感兴趣！不感兴趣！

将也加快脚步，强行忍住想回头确认的冲动。

不感兴趣！行了……我做到了！

将也回头一看，刚才那个女生同样站在原地回头看向自己。

看到那张脸，将也确信，就是小学的同班同学植野。

这时，植野徐徐朝将也走来，递上一张传单。

“这是打折券，请您收下。”

将也颤抖着手接过打折券，上面写着“喵喵俱乐部”的店名。到底是一家什么店……

“你怎么会有这种东西？”

将也正呆呆地看着打折券，永束突然抢过去。

“刚才在路上，一个老同学塞给我的。没说别的，什么意思嘛……感觉有点儿瘆人。”将也从刚才到现在一直在苦恼，不知植野干吗给自己这个。

“是叫你去光顾这家店吧？一起去吧。”永束轻描淡写地给出建议。

将也捏着打折券趴在课桌上说：“不要……我才不去。当年的关系很僵，真的……每次回想起来都觉得难受……因为……”

如果真如永束所言，她是希望自己去店里光顾，将也反而在意。

将也继续趴着，想象硝子、佐原和植野在一起笑成一团的模样。

不可能，绝不可能……西宫的人生需要植野吗？……肯定不需要。但……我也一样吧……也许植野也改变了……

如果让她俩见面会怎样？如果大家都成为朋友，一定很棒吧？可以如此期待吗？

这毕竟不是我的问题吧？嗯，没错，也许能帮到西宫。

还没去确认就妄作判断，这样不好！那就立刻行动吧！

于是将也决定和永束一同前往“喵喵俱乐部”。

究竟是什么样的地方……将也戴着帽子和口罩，心跳加速地推开店门。

“嘎啦嘎啦——”

“欢迎光临！”

出来迎客的是两位阿姨。店里有很多猫咪。

“原来是猫咪咖啡店啊。”

“啊……”

好不容易鼓起勇气壮了胆才来的两个人顿时卸下防备，和猫咪玩在一起。

“说起来，你的老同学在吗？”

经永束提醒，将也才环顾店内，但没有看到长得像植野的人。

“其实我和她不太熟……我……挺怕她……”将也一点一点唤醒自己对植野的记忆。

很久以前，其实也不是太久以前……不知为何，很多时候都是植野和自己在一起。体育课组队的时候、家庭课实习的小组……座位总是相邻的。植野的嘴巴很恶毒，将也有一阵子觉得她很烦人，不过她似乎很有领导力，又擅长运动，人也很聪明。

人漂亮、脾气好，当时应该有很多人追她。但她对我每次都很凶，我俩总吵架。仔细想来，女生之中，她应该是和我说话最多的一个……后来发生了很多事，在我看来，已经与她绝交。明明这么以为，但……

“要加时吗？”

一个披着直长发、戴黑框眼镜的年轻女店员过来询问。将也觉得，如果植野不在，就没理由继续和猫咪玩下去了。

结账的时候，永束在将也耳边嘟哝道：“那个店员好可爱，可以当女主角吧？”

两个人都收到了猫脸形状的小袋子，作为送给客人第一次光顾店里的纪念品。

今天没见到，意味着不见也没关系，就这样。毕竟是植野，和佐原不同，她当年那么讨厌西宫……虽然现在就得出“不让她们见面为好”的结论也许为时过早。

将也边走边想，盯着刚才拿到的小袋子。

这个袋子，如果送给西宫，她会喜欢吗……

“好可爱！谢谢你送的猫脸小袋子！我会好好使用的。下次让我送回礼给你。对了，听说你一直很照顾我妹妹。谢谢你对我们这么好。”

第二天早上，将也收到了硝子发来的消息。将也把猫脸小袋子交给了结弦，让结弦转交给硝子。

“石田！”

到了学校，川井主动找将也说话，这也许是升入高中以来的第一次。

“阿直说想联系你，你发条消息给我吧。”说着，把写有自己手机号码的纸条递给将也。

“阿直？”将也不可思议地看着川井。

“植野直花，没忘吧？”

昨天在路上偶遇之后，再次听到植野的名字，将也不由得吓了一跳。

“不好意思，能帮我拒绝吗？”

川井应该很吃惊，但因为将也眼中的川井脸上有大叉，所以他并没有看清楚她的表情。

“是嘛。你很忙？因为打工？那我转告阿直。”川井没多说什么，直接表示理解。

“对了，今天放学后有件事想请你帮忙。能在校门口等我一下吗？”川井又拜托将也。

将也在校门口等待川井的时候，植野却突然出现。

“果然长高了。”

原来是为了让将也和植野见面，川井耍了花招。

“我回去了。很高兴见到你。”

将也慌张得只想快点儿离开，植野却径直坐上了他自行车的后座。

“嗯，走吧，一起回去！我们同路，对吧？出发！出发！”

植野起劲地举起右拳。本该用来从植野身边逃走的自行车却成了为植野所用之物。将也面对这突如其来的状况，一时间不知该如何是好。

干什么？干吗来这里？你不是讨厌我吗？

将也在心中连续发问，植野却直接开口问了：“石田，你讨厌我吗？”

问我？我讨厌你？不是你讨厌我吗？

“那个……也没有……谈不上讨厌或不讨厌……”将也回答得很暧昧。

植野对着将也的后背，喃喃地说：“我所认识的将也一定会直截了当地说讨厌。”

突然，植野看到路边花店里的硝子：“啊，那不是西宫吗？”

将也循声望去。

“啊……”将也慌张了，他觉得不能让植野和西宫碰面，想迅速离开。

“都没怎么变嘛。和以前一样，还是一个人。是吧？”

将也看到西宫手里拿着一只猫脸小袋子。

“咦？那袋子是我们店里的东西。她去过我们店里？哇，好恶心。”

“那是我送给她的。”

刚才还语调轻快地说个不停的植野瞬间安静了。

将也又说：“你也一点儿都没变，嘴巴还是这么恶毒。别再这样了。”

植野原本暗自期待着将也会和以前一样陪她一道对硝子冷嘲热讽，没想到他会说出这样的话。植野的心情越发黯淡。

“石田，你变了！变成我讨厌的样子……”植野将心中所想一吐为快。

“停车！”植野对将也产生一个疑问，无论如何都想确认。

然而将也对植野的话充耳不闻，继续蹬自行车。

植野再次大喊："为什么不停车？停车！"

将也却骑得更快。

植野并不罢休，她从将也背后伸出双手，去挠将也的胳肢窝。

"哇！"

被挠痒痒的将也没能握紧方向盘，"哐当——"

二人连车一起倒下。植野立刻起身，沿着来时路往回跑。

"植野……植野……等一等！"将也紧追其后。那家伙一定是跑回去找西宫，必须阻止她……

"西宫！好久不见！"植野笑着走近西宫。

硝子诧异地看着植野。紧接着，下一秒，植野的手伸向西宫硝子的耳朵。

"咦，只有一只？"

跟着跑过来的将也此刻看到的：植野手里正捏着硝子的助听器。

"给你。"植野把助听器递给将也。

"玩一下吧！像以前那样。"

这家伙果然没变！将也从植野手里接过助听器。

“对不起，西宫。”说着便要还给硝子。

植野在将也背后盯着眼前发生的一切，不愿相信当年那么讨厌西宫的将也现在居然在向她道歉。于是植野再次从将也手里抢过助听器，突然捧腹大笑。

“你在开玩笑吧，石田！当年你玩得那么起劲儿，现在却说对不起？明明是你以前常常欺负的家伙……”植野笑个不停，“啊？莫非你们是那种关系？我要吐了！”

硝子不明白植野为何笑，只能呆呆地看着。

“因为我们是……朋友。”将也虽然被植野的言行惊吓到，但仍强装镇定地回答。

“我听川井说你和佐原也有联系，想干什么？”植野笑得完全停不下来，指着将也说，“佐原也好，西宫也罢，如果是以前的你，肯定看都懒得看一眼。你确定现在不是在勉强自己？”

植野笑得眼泪都流出来了，却还在笑。

将也表情严肃。植野的话让他清楚地认识到以前的自己，那个令他特别讨厌的自己。

硝子在一旁担心地看着将也，以手语询问。

“刚才偶然碰到的……”将也以手语作答。

植野一边笑一边将这副情形看在眼里。

“抱歉，西宫，你在买东西吧？打扰了。下次找机会一起玩哦。”植野暂时收住笑声，把助听器还给硝子，转身离开。

植野走后，硝子再次询问将也。

“没说什么，都是无关紧要的话。”

将也这般回答，却被硝子持续追问。将也不知该如何解释了。

自己刚才的表情已经很清楚地说明：那些不可能是无关紧要的话。但将也不想说出实情。硝子见状，还想接着询问。

“抱歉……今天先到这儿吧……我要回家了。”

将也以手语表示“回头见”，硝子回以微笑。

将也转身跨上自行车。

一定要说吗？告诉她，只会让她难过吧？而且那些话本来就没有听的价值。

“你确定现在不是在勉强自己？”

勉强？当然没有。

植野干吗要这么说？

将也正在回想植野刚才说过的话，突然发现了蹲在路边石墙下的植野。

“吱——”听到自己面前响起自行车的刹车声，植野抬起头，她的眼睛和鼻头都有些发红。

“你哭了？”将也不知道植野为何而哭。

“哪里哭了？是因为笑过了头。我一直在等你。我们走吧！”

植野说着又跨到将也自行车的后座上。

什么意思嘛！植野……故意来寻我开心？什么目的？不行，越想越不懂植野到底想干什么。

看到她的脸就头痛。将也在脑海里给植野的脸画上大叉。

根本不需要！我的人生不需要植野！虽然心里这么想，身体却卖力地载着后座的植野，这算什么……

将也正在想东想西，听到身后传来问话：“你们什么时候开始交往的？”

“什么？”对将也而言，这个问题太过唐突，“没有交往，不是交往！我们只是朋友！”将也不由得大声辩解起来。

“哇，生气了。啊，害我白哭一场。”

将也并没有听到植野后面那句话。

“那是怎么和她联系上的？”植野又问。

“对于小学时做过的那些事……我深刻地反省了，向她道了歉。”

“真的？但你是石田啊！”

“和佐原联系，是因为西宫想见她。当年都怪我，导致西宫只能转学，所以我想把从她那里夺走的‘可能性’都还给她。事实上，她现在确实和佐原关系很好。去你打工的店里，是因为做了一场梦，还以为你也能和西宫成为朋友……”

听到这里，植野再也忍不住了，打断道：“不可能！我讨厌西宫！”

“我知道，所以不会再幻想了。”

“那是……假装是朋友的游戏吧？”

一瞬间，将也周围的声音好像全部消失了，只有植野的话直刺鼓膜。

“啊？什么游戏？”

“不特地聚在一起就不能做朋友，这种‘朋友’之间不会有什么了不起的牵绊。”

“吱——”将也停下自行车。

“到了，你家是在这里吧？”

“谢谢。告诉我你的联系方式吧。”

“不。”

植野只能放弃，没再要电话，转而又问：“石田，你讨厌我吗？”

“讨厌。”

将也认真地看了看脸上有大叉的植野的脸，回答得很坚决。

然而植野却像听到了自己所期待的答案似的，心满意足地笑着说：“是吗？再见，秃子。”

说完，朝屋里走去。

“烦死了，丑八怪。”将也条件反射似的回嘴。

“秃子秃子秃子！”

“丑八怪丑八怪丑八怪！”

互相回击过后，植野笑着说了句“回头见”，然后关上了门。

将也站在门外，觉得很奇怪，那家伙到底是什么意思？……

算了，今天早点儿睡觉，明天是周二，要去见西宫，把今天的事好好解释一下……

“右耳听力已经超出测试范围，至少这台机器的测试结果表明，她听不见。”

在医院的听力测试室里，硝子在外婆的陪同下接受医生的诊查。

听完医生的话，外婆满脸担心。硝子隐约能感觉到检查结果不好，但与外婆视线交会时，硝子为了不让外婆难受，故意微微一笑。

回到家，硝子穿着校服直接倒在床上。

她发出呜咽的哭泣声。

结弦只能在一旁默默地看着。

“姐姐，你别担心，快来了。”

在每周二喂鱼的桥上，硝子与结弦交谈着，她们比画手语的样子倒映在水面上。

“对了，昨天你买了给石田的回礼？”

硝子拿出装有礼物的纸袋给结弦看。

作为收到猫脸小袋子的回礼，外加被结弦害得受到停课处分的赔罪，硝子准备了这份小礼物。

硝子突然露出一副很不自然的笑脸。

“咦？嗯？”

结弦看着硝子的表情，感慨着又见识了一种从没见过的、硝子的表情。

“好奇怪的表情！”

然而，这一天，将也并没有出现。

又过了一周，将也还是没去那座桥上见硝子。

不去的理由是因为这周有期中考试，很忙；还因为他又开始打工了，周二有排班。

“你确定现在不是在勉强自己？”

“假装是朋友的游戏吧？”

虽然并没有把这些话当回事，绝不会……

明明是这么想的，将也的脑子里挥之不去的却是植野的笑声。

“当啷当啷——”石田理发店的门开了。

“呀，是结弦弟……妹妹啊，将也在家呢。”

结弦朝将也母亲所指的方向看去，正在帮店里整理杂志的将也说了声“嘿”。

“那个……”结弦犹豫了一下，但终究鼓起勇气问，“石田，你有女朋友吗？”

啊？什么？突然，将也的母亲，还有正在接受将也母亲理发的客人，都朝将也看去。

“没有啊。”将也结结巴巴。

结弦追问：“那个叫植野的是你朋友吗？”

“啊？……说什么怪话呢？我们只是同学，连朋友都不算。对我而言，她和其他很多人一样。”将也拼命否认，却不懂结弦为什么突然问这些。

“西宫？是西宫想问吗？”

“不是，是我个人觉得好奇。”

结弦问完这些，将也送她到门口，却看见刚才话题的中心人物植野站在屋外。

“咦？这孩子是西宫的弟弟？”植野问。

看起来确实像男孩——将也回头看了看结弦。

“打扰了。”结弦说完跑开了。

夕阳西下，玄关处，将也和植野面对面站着。

“什么事？”将也警觉地问道，担心植野又会要自己。他在植野的脸上依然看到一个大叉。

“那个……我有话对你说，上次忘记告诉你了。”

将也没吱声，默默地听着。

“石田，你不是从小学六年级开始被大家排挤了嘛，其实我想过，要是那时候我能主动和你说话就好了。其实……中学毕业后……我挺后悔。”

听到小学和初中的事，将也表情僵硬。

“换言之，我想说……对不起。”

将也没想到植野会对自己道歉，他的脑子转不过来，过了好一会儿都没能发出声音。不过，逐渐理清思路后，将也对植野表现出了厌恶：“我无所谓，你去向西宫道歉！你说了她那么多坏话……上周还……请你去向西宫道歉！如果她原谅你，我就接受你的那句对不起！”

“啊？”植野一改刚才温婉、沉着的语调，恼羞成怒，“什么意思？你让我特别想吐……我只想向你道歉，干吗提西宫？你打算做那家伙的保护者？”

植野气急败坏，用鞋头不停地踢玄关处的地板，怒道：“我绝不会原谅西宫！因为她……”说到这里，植野突然沉重地叹了一口气，“我只是……想找回属于你和我的时间……是西宫毁了我俩的时间……”

将也缓缓打开大门。

“你回去吧，我不想看到你。”

植野没再纠缠，走到门外，留下一句讽刺的话：“西宫说不定也在想着同样的事。她很擅长摆出那种讨好的笑。”

说完，用力关上了门。

将也脑海中仿佛听到硝子笑着说出心里话：“你回去吧，我不想看到你。”

也许真是如此。将也没有自信去否定。

唉……唉……将也一边深深地叹气，一边朝里屋走。

“石田。”

突然听到背后有人唤自己，将也吓了一大跳。居然是结弦，将也以为她早就回家了。

“那种讨好的笑，是我姐姐的习惯，她对我也是这样的。你别放在心上。”结弦朝背对自己的将也说，

“相反，遇到你之后，我姐姐变得表情丰富了。我真的很高兴。”

“结弦……”将也回过头来。

“你如果不想听我唠叨，不想被我安慰，就别想那么多。周二记得去桥上，我姐姐有东西给你。走了……”

不是的，结弦……我如果不想那么多，就无法向前走。将也又开始想很多……

“什么？你要阿直的手机号码？果然还是需要吧！给你。加油哦！”

第二天，将也问川井要了植野的联系方式，坐在教室的台阶上给植野发消息：“致植野：我是石田。昨天闹得不太愉快，我向你道歉。我当时可能说了一堆大道理，但现在意识到我其实没资格说那些。请你忘记我说的话。谢谢。再见。”

按下发送键站起来的一瞬间，手机响了。

“好快……”

植野很快回复了：“什么叫再见？哼！不用你说，我也会再去见你！再见。”

还要再见吗？将也想了那么久才发出去的消息，植野却轻描淡写地发来回复。读完植野的消息，将也抱着脑袋盯着手机好久。

周二放学后。

将也骑自行车去了桥那边。

西宫，这阵子没去见你，不是因为考试，也不是因为打工，而是因为面对你的笑脸，我完全没有了自信。我想知道你的想法。

来到桥上，将也看到结弦和佐原已经等在那里。

“咦？西宫呢？”

“说肚子疼，先回去了。”佐原回答道。

“是嘛，她没事吧？”将也担心地问道，但心里更多的是觉得遗憾。

“我觉得她在说谎。”

结弦想起硝子上周落寞的模样。准备好礼物，一切就绪地等在这里，将也却没有出现。她一定是害怕将也今天也不会来，不敢继续等下去……结弦想象着硝子的心情。

“对了，石田，你去车站前的面包店买几个面包过来。我姐姐虽然回去了，这儿的鱼还饿着呢。”

“啊，干吗叫我去？”

硝子不在，将也根本没心思喂鱼。

“说这么多废话干吗？叫你去就去。一定要去车站前的那家面包店哦！这儿的鱼喜欢那家的面包！”

结弦用力推将也的背。现在追上去也许还来得及。

将也觉得麻烦，不情不愿地，但还是骑上自行车。

唉，西宫不在啊……这么一来，恐怕要连续两周说不上话了。将也中途停下，掏出手机给西宫发消息：“西宫：你的肚子没事吧？今天本想在桥上和你说说话，有些事想告诉你。上次见到植野时，你问我和她说了什么。植野是这么评价我们的：是不是在勉强自己和对方在一起？是不是在玩假装是朋友的游戏？我们的关系不是在玩假装是朋友的游戏吧？”

发完消息，将也继续骑车。

正朝家走的硝子收到将也的消息，立刻停下来阅读并回复：“其实我也这么想过。”

啊……希望被她否定，她居然给出肯定的回复？将也一时不知该说什么，但后面还有：“但我讨厌玩假装是朋友的游戏，所以，为了不被说成是玩游戏，我想知道更多有关你的事。”

“我想知道更多有关你的事。”这句话让将也哽咽。

将也的视线离开手机，抬起头，却发现发出这条消息的人正站在自己面前。

西宫！将也怔怔地看着硝子的新发型。

啊！马尾辫！面对和平时看起来很不一样的硝子，将也怯生生地问：“啊，好巧啊！你……回家吗？肚子……还疼吗？”

“没……四……了。”硝子回答道，不是用手语，而是用自己的声带，“尼……去……纳……里？”

将也瞪大眼睛看着这个不比画手语而是用自己声带说话的硝子。今天的西宫到底怎么了？

“嗯？你是问我去哪里吗？结弦让我去买面包，说要喂鱼。”

“别……浪……结……吃……你……布……药……买……”

“等一下，我们用手语好不好？”将也以手语提问。

硝子以手语解释：“是结弦想吃，你不用去买。”

硝子有些害羞地低下头，以手语对将也说：“我……声音……怪吗？”

“嗯……”将也不明白硝子为何一开始不用手语，他诚实地点点头。

硝子沮丧地低下头，看都不看一眼慌忙打手语解释的将也。

将也惴惴不安地把手搭上硝子的肩膀。见硝子终于抬头看自己，又重新表示：“但那样……挺好的……”

看着露出笑容的硝子，将也害羞起来，却不想被看穿，只想快点儿离开。

“我走了。”

硝子向跨上自行车的将也递上纸袋。

“给我？真不好意思……谢谢！可以现在看吗？”

将也乐呵呵地打开袋子，看到里面是一端装饰着兔子或熊之类小动物的长棒。

这是什么啊？不会吧……将也搞不懂这份礼物的意义，还用鼻子闻了闻。

“呀，我很喜欢，谢谢。”将也表达了感谢，骑车离开。

西宫……好奇怪啊……

将也想起硝子刚才发来的消息：“我想知道更多有关你的事。”可我对西宫尚且一无所知呢，刚才明明是了解她更多的好机会。

比如发型，比如为什么不用手语而是开口说话，比如选这份礼物的用意……应该问她一下。是我害怕了解她吗？了解之后，一定会对小学六年级时的自己……

啊，好想杀了以前的自己……要是没有以前的自己，一定会比现在更能了解西宫的感受。

将也又开始胡思乱想。就在这时——

“石田！”

是从未听过的、硝子大喊的声音。

将也吃惊得赶紧刹车。

“洗欢！”

“啊？你说什么？”

将也回过头，看到硝子正看着自己。他以手语问道：“怎么了？”

“西……欢……”这一次，哨子的声音弱下来，和刚才那一声完全不能比。

“抱歉，听不懂啊。用手语吧？”

“西……欢……”硝子的声音越来越轻。

将也拼命想听懂硝子在说什么。

“什么？……月光[1]？”将也以手语问道。

硝子红着脸点点头。

将也抬头看看天空。

“嗯……是挺美……”

硝子微微一笑，突然转身飞奔而去。

被夕阳染红的云间，一轮满月正照亮逐渐暗淡下来的夜空，露出宁静、祥和的面容。

似乎要将硝子未能被将也听懂的真心包裹起来……

---

① “月光”的发音为“つき”，与硝子发出的“うき”“ちゆき”等音近。